MW01706965

Katy Pierre

Et même les abeilles chuchotent !

Les Éditions de L'Apothéose

Conception de la page couverture : © Les Éditions de l'Apothéose

Image originale de la couverture : Shutterstock 795983002

Sauf à des fins de citation, toute reproduction, par quelque procédé que ce soit, est interdite sans l'autorisation écrite de l'auteur ou de l'éditeur.

Distributeur : Distribulivre
www.distribulivre.com
Tél. : 1-450-887-2182
Télécopieur : 1-450-915-2224

© Les Éditions de l'Apothéose
Lanoraie (Québec) J0K 1E0
Canada
apotheose@bell.net
www.leseditionsdelapotheose.com

Dépôt légal — Bibliothèque et Archives nationales du Québec, 2021
Dépôt légal — Bibliothèque et Archives Canada, 2021

ISBN : 978-2-89775-491-4

Imprimé au Canada

Et même les abeilles chuchotent !

« J'adorais la manière dont nous faisions l'amour… avant. Ensuite, les choses ont changé. Je ne lui trouvais plus rien. Partir. Jamais je n'en trouvai la force… Alors, je me convainquis qu'il me suffisait d'attendre pendant que Dieu, bien trop occupé ailleurs, avait laissé l'autre me prendre sous son aile d'Ange déchu. Enfer. Paradis. Paradis ou Enfer Pff ! Et depuis quand croyais-je en ces balivernes ? … »

1

— … Je suis au travail là ! Rappelez ce soir… mais avant 19 h, car je dois nourrir mes enfants !

— … Pouvez-vous m'accorder juste trois minutes pour que je puisse vous parler du magazine dont vous avez récemment téléchargé la brochure sur notre site internet ? …

Et il y eut un « CLIC » dans le téléphone. Pas d'au revoir. Rien du tout.

— Bonjour, madame Nicole Tranchant, je m'appelle Valérie Dupont de la compagnie Buzzeex Communication et je vous appelle parce que j'ai une offre exceptionnelle à vous faire !

— Encore vous ! … Il y en a ras le bol de vos appels ! Cela fait trois fois déjà cette semaine et on est que mercredi matin ! Vous comptez m'empoisonner la vie tous les jours ou quoi ? … Puisque j'vous dis que je ne suis pas intéressée ! … C'est du harcèlement, ma parole ! Vous savez où vous pouvez vous l'mettre votre abonnement ? Rayez mon numéro de votre satanée liste et foutez-moi la paix… hurla la femme à l'autre bout de la ligne avant de raccrocher.

Mécaniquement, Cynthia, le casque du téléphone fixé sur le crâne, activa la petite coche rouge dans la case de Madame Nicole Tranchant, archiviste. Le temps imparti entre deux appels n'étant que de dix secondes, c'est-à-dire ni le temps de souffler ni le temps de boire, elle glissa aussitôt le curseur sur le nom suivant.

Monsieur Paul Duchesne, retraité de l'enseignement. Au bout de la cinquième sonnerie, une voix rauque de fumeur annonçait de laisser un message après le bip, alors cela fut au tour de Cynthia de raccrocher. La règle d'or numéro six du sixième paragraphe du chapitre six de la charte sacrée de la société était de ne jamais laisser de message.

« Les répondeurs ne sont pas nos amis. Renouvelez l'appel ! Ne perdez pas l'objectif d'avoir l'intéressé en ligne ! Posez-lui uniquement les questions figurant dans l'encadré vert à droite de votre écran, les "oui successifs" ! Ces questions entraînent automatiquement une réponse affirmative de votre interlocuteur, ce dernier conditionné à répondre "oui" ne pourra qu'adhérer en toute logique à notre produit. Ayez l'esprit gagnant ! Ayez l'esprit Buzzeex Communication ! »

Bref, le tout consistait à balancer la sempiternelle rengaine de démarchage commercial de nouveaux produits défilant à l'écran : assurances, fidélisations, pâtes, vins, meubles ou autres gadgets en promettant des cadeaux au prochain pigeon vulnérable et naïf de la liste. Et Dieu sait qu'elle était longue cette liste d'individus lambda sans visage auxquels il fallait continuellement répondre avec un sourire dans la voix.

Cette semaine, il fallait vendre des abonnements à un magazine spécialisé. Pour ce type de produit, un appel devait durer en moyenne trois minutes. Une moyenne convenable entre ceux qui sont super intéressés et qui posent une tonne de questions, ceux qui vous font répéter pour finalement dire non et ceux qui raccrochent au nez. Pas toujours facile de conserver son flegme et souhaiter aux grognons ou autres malpolis de passer tout de même une belle journée ! Et cela, jour après jour, huit heures par jour, cinq jours par semaine, sans oublier la goutte au front en fin de mois suite au récapitulatif stressant des objectifs de vente atteints ou manqués !

Certains jours, franchement découragée, elle se demandait si elle n'aurait pas mieux fait d'envoyer tout balader et devenir trieuse de poussins dans un élevage au fin fond de la campagne.

Avant, elle bossait dans une supérette de quartier où elle faisait de la mise en rayon et de la caisse à l'occasion. Comme ils avaient eu de nombreux vols, le patron leur avait demandé de renforcer la sécurité et de regarder systématiquement dans les caddies et de faire soulever les sacs plastiques ou autres cabas se trouvant au fond. Une fois, elle avait demandé à un monsieur de soulever un sac qui était au fond de son chariot et là elle s'en était pris plein la figure. Il l'avait traitée de raciste, insinuant qu'elle regardait s'il n'avait rien volé, car il était d'une autre nationalité, qu'elle était une conasse, une pute… En tout cas, il en avait dit assez pour la faire quitter sa caisse en chialant et démissionner dès le lendemain. Alors travail ingrat pour travail ingrat, elle préférait encore rester ici ! Au moins, quitte à se faire raccrocher au nez soixante fois par jour, elle n'avait pas à voir leurs tronches en prime !

À l'extrémité de l'alignement de cubicules, une série de tableaux lumineux à portée de vue de chacun indiquaient en permanence : le nombre de téléconseillers présents et connectés, le nombre d'appels en cours, le nombre d'appels en attente, le nombre de conseillers « pas libres » (ceux en train de traiter un dossier sur leur terminal informatique), et le nombre de conseillers prêts à prendre un appel. À côté, affalé dans un fauteuil derrière un bureau trop petit, comme un morse avachi sur la banquise tentant de se camoufler derrière un glaçon, Pierre Burlais, 36 ans, chef superviseur… de performance. Onze ans de service au compteur ! Et ça fait quoi un chef superviseur de performance ? Eh bien, ça SU-PER-VI-SE absolument tout ! Il contrôle les superviseurs de département, mais aussi ton heure d'arrivée et ton heure de départ, procède à des écoutes ou des appels mystères, note le niveau de l'enthousiasme dans ta voix, juge la qualité du discours au client, valide le quota d'appels passés, rappelle la cible des chiffres à atteindre. Bah ouais, ça fait tout cela un chef superviseur de performance !

Qui supervise le chef superviseur de performance chez Buzzeex Communication ? Xavier Lamarque, 28 ans, manager. Un vrai connard qui comme tous les vrais connards se pense intelligent. Scotché à son bureau à l'étage supérieur comme une moule à un rocher, il n'adresse la parole à personne. Tout contact avec lui se fait par courriel, même si vous vous trouvez à cinq mètres. Diplômé de l'une de ces grandes écoles de marketing qui vous lobotomise au point de vous faire devenir plus odieux que vous ne pourriez l'être déjà. Bref ! Le manager note minutieusement la performance du chef superviseur à superviser celle des superviseurs et des employés !

Depuis que Cynthia avait pris son poste avec huit minutes de retard, Pierre Burlais n'avait pas cessé de la dévisager avec un air placide de vache repue. Malgré les litres de café qu'il ingurgitait tout au long de la journée, il ne semblait jamais excité outre mesure.

« Zut ! À la pause, je vais à nouveau me coltiner le laïus sur la ponctualité au travail, bla, bla, bla… ! » bouillait la jeune femme intérieurement avant d'entonner son quinzième : « Bonjour, je m'appelle Valérie Dupont et je vous appelle parce que j'ai une offre exceptionnelle à vous faire ! » de la matinée.

— Alors j'vous dis d'emblée, je ne suis pas intéressée !

— Vous savez l'abonnement à la version papier du magazine vous offre, non seulement la livraison gratuite à votre porte à chacune des parutions…

— … manquerait plus que ça que je paie pour la livraison ! …

— … vous pourrez ainsi y découvrir toutes les tendances mode et beauté pour les adopter, un dossier spécial santé éducatif et pratique portant sur des sujets qui vous intéressent…

— … et comment connaissez-vous les sujets qui m'intéressent ? Nous n'avons pas élevé les cochons ensemble comme on dit ! Puis ça ne m'intéresse pas…

— …. des recettes exotiques exclusives signées des plus grands chefs internationaux…

— … alors, premièrement, j'aime pas ça cuisiner… deuxièmement…j'suis pas raciste, mais on voit suffisamment de noirs et d'arabes comme ça dans la rue et à la télé, donc non merci ! Je ne mange que local et pas épicé, c'est comme ça… c'est une question de principe ! …

— … des portraits de personnalités inspirantes, la vie incroyable des célébrités.

— …. Moi, il n'y a que l'odeur du pognon qui m'inspire… puis quant aux vedettes, très peu pour moi ! J'peux pas les sentir ! J'en ai une de voisine, moi, qui se prend pour une starlette et ça me suffit bien assez… Vous voyez le genre de nana propre sur elle, limite hautaine parfois. Rarement un bonjour, jamais un bonsoir… Bref, vous voyez le genre, quoi ! Alors vraiment désolée, mais j'suis pas intéressée…

— … la rubrique maisons et jardin…

— … perso, je n'aime pas les maisons ! Je préfère les appartements… surtout pas au rez-de-chaussée, depuis la rue n'importe quel taré peut vous mater. Moi j'suis peinarde, j'suis perchée au sixième et il y a deux étages encore au-dessus, alors !

— … des reportages et témoignages émouvants sur la famille…

— … je m'en fiche de la vie des autres ! Moi, d'où je viens, on apprend à se mêler de ses affaires ? Chacun sa merde, comme dirait l'autre !

— … une section psychologie…

— … mais allez-y, traitez-moi de folle pendant que vous y êtes !

— … je ne me permettrais pas, madame Inès Fonsecasse…

— … Et puis, mon nom se prononce F.O.N.S.E.C.A, le S est muet à la fin. Non j'insiste, hein, parce que depuis que je suis gamine à tous les coups j'y ai droit ! Mon père disait toujours, ma petite Inès il faut être fière de ton nom ! Car personne ne le sera pour toi ! Ah, il avait un sacré foutu caractère le paternel ! On filait droit avec lui ! À la maison, c'était plutôt ambiance purgatoire ! M'enfin, on ne choisit pas ses parents comme dirait l'autre ! Et puis, ça m'a servi, car dans mon travail, croyez-moi, du caractère il en faut ! … J'suis serveuse au club Les Écervelées. Vous savez le vieux club de strip-tease au coin de la rue Saint-Denis… Ah, mais, attention, hein, j'fais que servir, hein ! Je fricotte pas avec la clientèle, moi ! Oh bien sûr, y en a toujours qui s'essaient, mais bas les pattes que je leur dis ! … Et c'est d'ailleurs en travaillant, honnêtement, que…

— … Oh, le magazine vous offre également la fabuleuse rubrique Sortir, qui liste les bars, les micro-brasseries et les restaurants à la mode…

— … Non, mais je travaille tard moi, madame ! Puis quand je rentre, j'suis crevée ! Je n'ai pas de temps pour la rigolade ! Pour vous dire, encore hier en descendant du bus, j'me suis dit que je n'aurais jamais le temps d'arriver à l'épicerie avant la fermeture pour acheter des tampons. Elle ferme à 23 h le mardi !

— Donc raison de plus pour souscrire un abonnement, le soir en rentrant chez vous vous pourrez tranquillement relaxer en parcourant notre merveilleux magazine !

— Alors, écoutez-moi bien ma petite dame, jusqu'à présent j'ai rassemblé toute mon énergie pour rester polie ! Mais là, sincèrement vous me faites copieusement chier avec votre magazine de rubriques à la con ! Avec les gens comme vous, il faut toujours se répéter, c'est fou ! Être sourd ça fait partie des critères d'embauche ou quoi ? Puisque je vous dis que je ne suis pas intéressée ! Fin de la conversation !

Cynthia activa la petite coche rouge dans la case de Madame Inès Fonsecas, serveuse, en souriant.

— Ouaw ! Tout un numéro celle-là ! pensa-t-elle juste au moment où Pierre Burlais décolla son colossal cul de pachyderme de son piédestal et s'avança dans sa direction.

— Bon ! Voilà le sermon qui arrive ! rumina la jeune femme. Peut-être qu'en détachant un bouton ou deux de mon chemisier, il me fichera la paix ! poursuivit-elle intérieurement en le regardant.

L'autre domaine dans lequel ce chef superviseur de performance excellait était l'évaluation du charme des mensurations de la gent féminine. Il accueillait chaque nouvelle recrue en s'empressant de réciter allègrement la première règle d'or de l'unique paragraphe du code vestimentaire de la précieuse Charte collective « Le port du tailleur est obligatoire. L'approche du client est certes téléphonique, néanmoins vous devez avoir en tout temps une allure professionnelle ! Dès que vous franchissez les portes de cet édifice, vous êtes l'image de Buzzeex Communication ! »

Généralement, lorsqu'une femme sent qu'un homme la déshabille du regard, il y a deux possibilités. Soit, le gars est beau et alors la plupart du temps elle est flattée. Soit, elle en frissonne au point d'en être mal à l'aise et alors le gars est du genre Pierre Burlais. Ce vieux célibataire obèse, au front dégarni et habitant encore chez *maman*, n'était pas ce que l'on pouvait appeler un spécimen de beauté. En plus d'une vilaine cicatrice qui partait de la lèvre supérieure jusqu'à la narine, s'ajoutait son handicap : une main, que l'on devinait difforme, dissimulée dans un genre de fourreau en cuir noir et qui lui donnait l'air bizarre.

L'homme l'ignora littéralement et alla presser sa panse proéminente contre le dossier du siège en velours rouge de la nouvelle occupante du compartiment E. Une brune, sûrement siliconée, qui riait comme une idiote pour un rien et que personne, mis à part la gent masculine, ne pouvait piffer !

Chez Buzzeex, après le cap de l'entretien d'embauche, 80 % du processus de recrutement se base sur des simulations d'appels à effectuer. Ils veulent être en mesure de savoir que vous articulez clairement, estimer votre timbre de voix. En gros, s'assurer que les clients et prospects sont capables de vous comprendre. La sélection est impitoyable sur ce point. Les 20 % restant consistent à réussir à taper quarante mots par minute. Ensuite, on vous assoit huit heures par jour dans une salle de classe avec un formateur qui vous montre le script, vous enseigne le système, vous explique comment parler aux prospects et encaisser les rejets.

La novice, dont un zozotement rendait la prononciation incompréhensible, et ayant de surcroit échoué au test de dactylographie, avait néanmoins été embauchée sans période de probation, directement après deux semaines intensives de formation. Ben voyons ! Quel était le nom de l'innocent déjà qui disait que la beauté intérieure triomphait toujours sur celle du corps ! Balivernes ! 95 C, mini-jupe ras la touffe et sourire niais étaient les seuls ingrédients de la réussite dans cette boîte de m…

De toute façon, tout ça n'allait peut-être pas durer longtemps. Depuis plusieurs jours, la rumeur courrait que leur division menaçait de fermer pour être délocalisée en douce dans un pays du Maghreb ou d'Europe de l'Est. Tout comme leurs homologues, ces messieurs les dirigeants évoqueraient la crise financière, ce qui signifierait en réalité : « Nous sommes nous aussi désireux d'exploiter la main-d'œuvre étrangère bon marché et soumise. » Ceux ayant fait leurs preuves dans le but de gravir les échelons internes, et qui aspiraient ainsi gagner davantage eurent vendredi dernier l'amère surprise de découvrir sur le tableau blanc de la salle de pause que les salaires de base seraient gelés et le calcul du pourcentage de prime réévalué à la baisse. Ça commençait drôlement à sentir le roussi. Mais tout le monde la mettait en sourdine. Sauf deux Louise Dupont et une Natalie Durant, qui leur avait offert un rocambolesque « pétage de plomb » qui avait fini en crise de larmes. Aux dernières nouvelles, deux avaient été remerciées et l'autre était sous psychotropes.

Midi. L'extrait musical de la « Sonate au clair de lune » de Beethoven envahit crescendo la plateforme pendant une dizaine de secondes pour fondre ensuite dans le brouhaha auditif incessant. Pas assez forte, pour déranger les tentatives d'amorces téléphoniques en cours, cette mélodie était devenue pour Cynthia l'hymne de la libération.

Elle dévissa le casque-micro de sa tête, le posa sur le bureau et passa le logiciel en mode veille.

— Avec Judith on va Chez Grand-Maman ce midi ! Tu viens avec nous ? entonna gaiement une tête émergeant de derrière la cloison du bureau.

Cynthia eut une seconde d'hésitation.

— Encore ! Vous avez des parts dans ce resto ou quoi ? … Désolée Léa, je surveille ma ligne donc j'évite toute tentation. J'ai déjà mon festin qui m'attend… annonça-t-elle en agitant sous le nez de l'autre un sachet de soupe de légumes lyophilisée.

— Allez quoi, viens ! Un bol d'air frais, ça te fera relâcher la pression ! En plus, tu brûleras bien plus de calories en marchant qu'en restant scotchée là !

— Bon, bon d'accord… mais je ne fais que vous accompagner ! abdiqua Cynthia en attrapant la bandoulière de son sac.

À l'heure du déjeuner, l'essaim des téléconseillers et autres télévendeurs de l'agence Buzzeex Communication se divise systématiquement en deux colonies.

La première, que l'on qualifiera d'ouvrière classique, présente deux options. Soit, elle ventile jusqu'au réfectoire de la cafétéria. Assiégé d'agents lobotomisés par les innombrables appels de prospections publicitaires, de plaintes en tout genre et de la saisie de milliards de données redondantes, qui, au final, ne servait à rien si ce n'était de gangrener la dérive paperassière, l'endroit prenait rapidement des allures de ruche enfumée. Soit, elle avale en quatrième vitesse un sandwich tout en sillonnant les nouveautés du rayon jouets du magasin du coin en quête du dernier caprice en date de leurs rejetons adorés. Ne jamais dire non. Succomber à tous leurs désidératas. Rien n'était jamais insurmontable pour éviter coups de pied, cris, larmes, tapes de leur progéniture se transformant en grande terreur le soir à la maison !

La deuxième que l'on qualifiera de butineuse intrépide, résume le repas à une barre protéinée et chérisse leur détente par le biais du jogging, séances de yoga, cours d'abdos fessiers ou encore du surf… sur le web.

Bref ! Ces soixante minutes de la journée, c'est dire si le temps est précieux, devenaient inéluctablement le champ de bataille de ces deux rivales. Chacune y allant de ses techniques offensives « s'oxygéner et décompresser » ou défensives « Désolée, pas le temps ! » pour convaincre l'autre des bienfaits de son camp. Peu importe dans lequel on se situe puisque, de toute façon, durant la pause du déjeuner que tu sois dans l'entreprise ou non on ne te paiera pas ! S'éclipser. Déguerpir. Fuir. Disparaître… pour réapparaître sur un plateau hexagonal surpeuplé et se fondre dans la miellée surchauffée d'abeilles répondant toutes au nom de Valérie, Nathalie, Paul et Alexandre Dupont ou Durant. « Bonjour, je m'appelle Nathalie Dupont et je vous appelle parce que j'ai une offre exceptionnelle à vous faire ! »

Chez Grand-Maman se situait à moins d'un coin de rue de la tour de bureaux. Sans prétention apparente, il accueillait dans une ambiance chaleureuse, du lundi au dimanche, les matinaux dès 6 h. Ceux qui avaient la dent sucrée avaient l'assurance de trouver satisfaction jusqu'à la fermeture à 21 h. Large choix de café, de délices chocolatés, de jus frais, de viennoiseries et pâtisseries artisanales. Du classique et réconfortant œuf-bacon-patates aux plats végé en passant par l'inconditionnel burger ou autres savoureuses formules à emporter du midi, ce petit resto était devenu la deuxième cantine des employés gourmands. Et, cerise sur le gâteau, les prix étaient abordables et… Aymeric y travaillait.

La salle grouillait de monde.

— Oh, j'hallucine ! C'est dingue ! Deux, quatre, cinq… non, six personnes en file d'attente… souffla Léa découragée et sur le point de faire demi-tour.

— Ah non alors ! On avait dit qu'on allait tester leur nouvelle salade de poulet caramélisé aux amandes… j'en salive depuis ce matin ! insista une brune athlétique en tailleur marine et au chignon bas plaqué avec une raie sur le côté.

Le carillon, annonçant l'entrée d'un nouveau client, les convainquit, illico, de se mettre en ligne. Au comptoir, une caissière de dix-neuf ans à peine, en chemisier beige, s'activait nerveusement à changer le filtre d'une énorme cafetière. Une grosse brune ruisselante de sueur surgit de la cuisine avec une fournée de divers muffins. Ses yeux globuleux écrasés par de lourdes paupières s'affaissèrent sur sa petite collègue l'air de dire : « Ben alors ! T'attends qu'il y ait la queue jusqu'en Chine ? » Elle s'épongea le front du bout de son tablier, déposa les pâtisseries sur une grille et disparut à nouveau derrière la porte battante.

— Avance-toi un peu Léa pour voir s'il en reste encore, moi je ne vois rien d'où je suis…

— S'il reste quoi ?

— Bah, de la salade de poulet caramélisé aux amendes, pardi ! envoya la brunette en poussant l'autre en avant.

La femme dépassa deux clients en s'excusant, étira son cou vers la vitrine réfrigérée, puis leva un pouce à Léa qui lui sourit en mimant un applaudissement.

— Bon, les filles en attendant, je vais faire un petit tour aux toilettes… ça urge ! informa Cynthia.

— Oh, à la vitesse où ça va, tu as même le temps de faire la grosse commission ! pouffa Léa.

Les lettres W et C, soulignées d'une flèche, se trouvaient à gauche de l'entrée. Ces dernières étaient occupées et déjà un jeune homme, un bonnet d'une équipe de football enfoncé jusqu'aux oreilles, attendait, bras croisés. Cynthia se plaça à environ un mètre de lui et porta son attention sur une affiche publicitaire jaunie par le temps sur laquelle une vieille femme assise dans un fauteuil à bascule brandissait une tasse de café fumant. Derrière elle, une immense cheminée avec au-dessus un écriteau marqué « CHEZ GRAND-MAMAN ».

On entendit le bruit de la chasse d'eau suivi du cliquetis d'ouverture du loquet. Un gamin aux alentours de cinq, six ans jaillit en courant vers une table où une femme en jogging mou et enceinte jusqu'aux dents tentait péniblement d'essuyer le nez d'une fillette d'environ trois ans qui gesticulait sur la banquette. Les traits tirés et l'absence totale de maquillage trahissaient combien la pauvre semblait dépassée par les responsabilités contraignantes de sa vie répétitive de maman au foyer. Le genre de femme dont l'énergie de leur frustration se limitait à l'éducation des enfants et ne consacrait guère de temps pour le reste. Cynthia pensa à cette période où Francis et elle essayaient de concevoir un enfant. Un petit bout d'elle, un petit bout de lui qui les aurait rendus parents. La première année défila joyeusement au rythme des achats euphoriques de tests de grossesse dès le premier jour de retard, puis le côté merveilleux du « projet bébé » avait disparu au profit de banales chorégraphies mécanisées, chronométrées et essentiellement reproductives, lesquelles disparurent, elles aussi, l'année d'après. « Toujours pas de bébé !? » Collègues, amis, famille plus ou moins éloignée, toutes et tous faisaient les yeux ronds lorsqu'elle répondait non. Fatiguée de cette pression sociale, elle estimait désormais ne plus avoir à se justifier.

Le gars au bonnet entra à son tour. Au comptoir, les filles n'avaient pas bougé d'un centimètre. Elles chuchotaient et riaient comme deux gamines en lançant régulièrement des regards vers un jeune serveur au crâne rasé qui, une serviette à carreaux rouges et blancs balancée sur l'épaule, tournoyait entre les tables avec l'agilité d'un danseur de ballet armé d'un plateau chargé de tasses et d'assiettes vides empilées les unes sur les autres.

… Elle n'avait pas fait attention au bruit de la chasse d'eau, le squatter libéra finalement la cabine lui pilant le pied au passage sans même s'excuser. Peu lui importait, l'essentiel était d'uriner. Vite !

La vessie vidée, Cynthia rejoignit Léa et Judith dont le tour était sur le point d'arriver.

Une vieille dame avait laissé la place à un gars en jean délavé avec un t-shirt fripé et bariolé de graffitis.

— Trois baguettes françaises, s'il vous plaît ! lança-t-il nonchalamment en comptant du bout de l'index de la monnaie dans le creux de sa main.

La brunette en prit trois, les enroula péniblement dans un papier kraft, se retourna et les posa sur le comptoir.

— Coupez-en deux, s'il vous plaît… rajouta-t-il en fouillant le fond de la poche de son jean pour s'assurer qu'il n'y ait pas une pièce qui traîne.

Elle le fixa du style : « T'aurais pas pu le dire avant ? … T'as bien vu que j'ai galéré pour les envelopper ! » Souriante, (le client est roi, paraît-il !), elle reprit les baguettes, les déballa, se dirigea vers la trancheuse, les coupa une par une, les remit dans le papier kraft, les reposa sur le comptoir.

— Autre chose, monsieur ? …

— Un bagel au saumon avec fromage à la crème et câpres, s'il vous plaît.

Elle prit lentement le sandwich, regarda le gars, revint à la caisse, le regarda à nouveau.

— Oh, ajoutez-en un autre, tiens !

— Pourquoi ne le lui a-t-il pas dit avant ? Bordel ! … Il est déjà midi vingt-sept ! … lança Léa agacée en regardant sa montre et en jetant un regard noir au gars qui fit mine de ne rien entendre.

— Il a peut-être le béguin pour elle, qui sait ! Lui faire faire des allers et retours lui permet de la déguster de l'œil plus longtemps. Tu comprends ça, hein, Judith ? taquina Cynthia en donnant un léger coup de coude à la jeune femme captivée par le serveur de tantôt.

— Il est plutôt mignon, poursuivit Cynthia.

— Bof, pas trop mon style ! Bien trop maigre, ajouta Léa en ne décolérant pas.

— Non, mais vous êtes aveugles, ma parole ! Il est carrément canon, oui ! lâcha Judith en ne le quittant pas des yeux.

— Sois plus discrète Mistinguette ! Je t'ai grillée depuis les toilettes, avoua Cynthia.

— Ouais, fais gaffe, tu as de la bave qui coule juste là ! renchérit Léa en lui touchant le coin du menton. Et elles partirent à rire.

La grosse collègue de tout à l'heure revint ce coup-ci avec une corbeille en osier pleine de sandwichs qu'elle se contenta d'abandonner sur le comptoir avant de disparaître une deuxième fois.

— Désirez-vous autre chose, monsieur ?

— Non ! Non, ça ira, merci !

— Cela vous fera treize et soixante-cinq !

Le client posa alors fièrement un billet de dix et une pile de petites pièces en cuivre sur la surface marbrée. Derrière, les gens grondaient d'impatience et toisaient la jeune caissière comme si elle était une moins que rien.

« Mais ce n'est pas ma faute à moi BORDEL !!! » semblait hurler son regard en comptant rapidement la monnaie.

— Pff… J'hallucine ! souffla à nouveau Léa en secouant la tête.

L'homme partit nonchalamment les bras chargés et ce fut finalement au tour du trio d'assiéger le comptoir…

À nouveau sur le trottoir, les filles marchèrent vite.

— T'inquiète, on a largement le temps !

— Ouais… d'avaler devant l'écran en cinq minutes, pile avant l'appel d'un zouave ! balança Léa.

— Au secteur téléconseiller, c'est cool, on vous coupe automatiquement vos boîtes de lignes à 22 h, cela vous évite un appel de dernière minute qui peut durer des heures !

— Euh… radin serait le qualificatif exact, car ça leur évite de nous payer des heures sup'… Pff ! Vingt-cinq minutes d'attente pour une misérable barquette de feuilles de chou garnies de trois dés de poulet mariné ! Même mon p'tit bout de cinq ans mange deux fois plus ! pesta Léa.

— T'exagères tout de même ! La portion est copieuse ! rétorqua Judith en tenant son contenant en polystyrène comme un précieux trésor.

— Tu pourras en goûter un peu Cynthia si tu veux, proposa Judith.

— Non merci, ma belle.

— Es-tu sûre ? Il y en a bien trop pour moi, tu sais.

— RÉ-GI-ME, insista Cynthia plus pour se convaincre elle-même qu'autre chose.

— Je serai toi, Judith, je me taperai ma salade au complet ! Faut que tu engraisses vite pour ne pas jouer des castagnettes au plumard avec ton gringalet de serveur ! envoya Léa en saisissant d'une main Judith par l'épaule sous les rires de Cynthia.

— Mais… Aymeric n'est pas du tout maigre ! Mince, je veux bien, mais maigre, non ! se défendit Judith.

— Oh, Aymeric ? Et comment as-tu su son prénom ? interrogea Cynthia.

— Bah, je le sais, c'est tout ! Puis vous m'embêtez avec vos questions ! balança Judith, les joues rouges en franchissant à grandes enjambées l'entrée principale suivie des deux autres riant aux éclats.

Malgré une mine qui se voulut des plus naturelles, c'est le cœur battant fort pour avoir avalé les quatre étages d'escalier en courant que Cynthia entonna avec deux minutes de retard cette fois son premier :

« Bonjour, je m'appelle Valérie Dupont et je vous appelle parce que j'ai une offre exceptionnelle, à vous faire ! » de l'après-midi.

* * *

Pendant ce temps-là, assise dans sa chambre au milieu d'un monticule de papiers froissés en boule, elle était bien trop occupée.

— Hmm... J... oui... T... disait-elle à voix basse en comparant deux petits ronds soigneusement découpés dans un article de cuisine vantant les bienfaits de l'huile d'olive.

Le bout de la langue plaqué dans le coin de sa lèvre supérieure, elle appliquait méticuleusement de la colle sur l'extrémité d'une large bande de feuille blanche qu'elle rabattit immédiatement sur une autre.

— Encore deux minutes, et cela devrait tenir, estima-t-elle en comprimant l'ensemble du bout des doigts.

Son regard se promenant autour d'elle à la recherche d'un U s'arrêta sur la fenêtre. Quelle heure pouvait-il être ? Elle regarda l'horloge. Dans dix minutes, la grande aiguille allait rejoindre la petite sur le trois.

— Déjà ! s'étonna-t-elle en haussant les sourcils.

— Voilà ! J'ai fini ! triompha-t-elle en levant à hauteur de son visage l'objet.

Il s'agissait d'une lettre anonyme comme celle que l'on voit à la télé. Avec de petites lettres minutieusement découpées dans des journaux et des magazines et soigneusement collées pour former des mots. Ouais, elle était assez fière d'elle. Il faut dire que c'était balèze de coller aussi parfaitement d'aussi petits bouts de papier sans faire déborder la colle.

— Ouais, pas mal du tout même ! estima-t-elle en la faisant tourner entre ses mains gantées de plastique bleu.

— Hmm… il manque quelque chose, murmurait-elle en tapotant son menton de l'index d'un air songeur. Quelque chose qui la rendrait plus… convaincante… plus explosive !

— Ah ! Ça y est ! lança-t-elle en se levant d'un bond comme si elle venait de poser les fesses sur la tête d'un cactus.

— La photo ! chantonna-t-elle l'humeur friponne en tirant le tiroir de la commode qui dévoila une pile de vêtements strictement pliés et amidonnés, ainsi qu'une vieille boîte à chapeau.

Elle souleva le couvercle, en sortit un carré en papier glacé et sourit la tête inclinée vers son épaule pour mieux l'apprécier. Son visage rayonna comme celui d'une fillette. Pourtant, elle ressentit soudain une sorte de frisson dans la poitrine comme si son cœur vibrait au ralenti. Ses mâchoires se serraient, si fort, qu'elle entendait ses dents crisser. Vingt minutes plus tard, passées pour la majeure partie les yeux braqués sur l'enveloppe bleue, elle sauta dans un survêtement de sport. Elle descendit dans la rue une casquette à large visière enfoncée sur le crâne et monta dans le taxi qui l'attendait. Ce dernier la déposa huit kilomètres plus loin en face de l'entrée d'un petit centre commercial. Elle régla en espèces la course, en se disant qu'elle prendrait le bus au retour. Elle pénétra l'intérieur du grand bâtiment pour en sortir aussitôt par une des issues latérales. Elle longea vite une rue pavillonnaire en gardant bien la tête baissée tout du long. À la fois excitée et anxieuse, elle glissa l'enveloppe dans la fente de la boîte aux lettres d'une maison cossue. Au retour, elle en profita pour effectuer deux ou trois achats. Comme ça, si quelqu'un l'avait vue sortir depuis sa fenêtre, eh bien ce quelqu'un ne la verrait pas rentrer les mains vides.

***

Cinq heures. L'extrait musical de la « Sonate au clair de lune » de Beethoven envahit à nouveau crescendo la plateforme.

Cynthia enregistra le compte-rendu du dernier entretien, cliqua sur l'onglet d'indicateur de rendement et fit la moue en réalisant qu'à ce stade du mois sa moyenne avait dégringolé en zone orange. Encore deux journées comme celle-là et elle allait être convoquée.

_Objectifs quotidien : 30 appels par heure. Réalisé : 26.

_5 à 8 Contacts argumentés (l'interlocuteur vous a laissé parler jusqu'au bout. Il a pu dire « *oui* », ou « *non* », ou bien objecter, mais en tout cas il vous a laissé parler) par heure. Réalisé : 4.

_Sur 8 C.A. 15 % de vente effectuée. Réalisé : 8 %.

— Pff ! Fais chier ! lâcha Cynthia dans un souffle.

Dans le box D, à droite du sien, une Nathalie Durant finalisait a priori une vente vue l'air détendu qu'elle affichait et la rapidité avec laquelle ses doigts courraient sur le clavier. Cynthia fit à nouveau la moue.

L'équipe du soir débarquait les cheveux collés sur le front et trempés jusqu'aux os. La plupart semblaient maudire leur stupidité d'avoir oublié leur parapluie à la maison. Machinalement, elle tâta son sac à main pour s'assurer qu'elle avait bien emporté le sien. Ce qui était le cas.

Elle vida d'une traite les derniers millilitres d'eau minérale citronnée de sa bouteille isotherme rose et l'enfouit dans son sac en se disant qu'aujourd'hui encore, elle avait fait subir à sa vessie un record de capacité.

« INTERDICTION DE QUITTER SON POSTE SANS L'AVAL DU SUPERVISEUR »

Cynthia relut les gros caractères rouges qui ornaient la pancarte blanche suspendue comme un couperet au-dessus de la porte de sortie. Deux ans auparavant, les dirigeants, ayant jugé que certains employés passaient trop de temps aux toilettes et que cela jouait sur le chiffre d'affaires, avaient décidé de prendre des mesures. Durant huit mois, le superviseur de chaque département comptabilisait les allées et venues entre leur poste de travail et le petit coin. Résultat : il fallait encadrer les pauses-pipi. Désormais, c'était l'utilisation d'un badge pour tout le monde ! Comme à l'usine. Ils avaient le droit d'aller aux toilettes qu'une fois par jour pour dix minutes, pas onze, en dehors des repas et des pauses officielles. À condition de demander la permission… par courriel. Si urgence il y avait, l'employé n'avait qu'à fournir un certificat médical.

« Pff ! Quelle connerie de règlement ! » lança-t-elle en se précipitant aux toilettes.

— Enfin la quille ! claironna Cynthia soulagée à une jeune rouquine en pressant le bouton d'appel de l'ascenseur.

— Hmm… ouais ! marmonna l'autre en farfouillant frénétiquement dans sa sacoche pour en tirer un cellulaire qu'elle ne quitta plus des yeux.

— On attend Léa ou pas ? J'ai carrément oublié de lui demander à quelle heure elle finissait aujourd'hui… poursuivit Cynthia en sortant de la poche de son manteau sa carte de transport en commun.

La rouquine continuait de tapoter à vive allure les touches du téléphone sans daigner la regarder.

— Hmm… non… huit heures… Tom est chez son père cette semaine.

— Encore avec ton beau Marco ? demanda Cynthia, curieuse.

— Pff… Je l'ai bazardé jeudi dernier ! Attends, à peine sortis de la pizzeria, il me propose un plan cul ! Non, mais, je ne vais pas écarter les cuisses pour une pizza quatre fromages quand même ! répondit la jeune femme en détachant finalement le regard de l'écran du cellulaire qu'elle rangea dans son sac. Ouais ! Adios Marco ! Viva Philippe ! chantonna-t-elle.

— Un autre ! Déjà ! Mais où les déniches-tu tous ces mecs ?

— Sites de rencontre ! Gratuit, simple et efficace. Je te filerai l'adresse !

Elle lui jeta un clin d'œil.

En guise de réponse, Cynthia agita devant elle l'annulaire de sa main gauche orné d'une alliance pour lui rappeler qu'elle était mariée.

— Vous glandiez quoi, les filles et toi, ce midi ? Je ne vous ai pas trouvé à la cafétéria. Dommage… il y avait des œufs mimosas et des raviolis ! Mais bon, je me la suis jouée solo ! poursuivit-elle sans prendre le temps de respirer.

— Oh… on est allées Chez Grand-Maman, Judith voulait tester leur nouvelle salade au poulet je-ne-sais-plus-trop-quoi. On t'aurait bien invitée, mais tu étais encore en ligne. Ça avait l'air bon !

— Et toi, qu'as-tu pris ?

— Rien, je suis actuellement un régime hypocalorique intensif que j'ai chopé sur le net, donc c'était juste l'occasion de faire un brin d'exercice !

— Hmm… À quoi bon te bousiller la santé avec ce genre de régime débile ? Tu es très bien tel que tu es ! Tu sais ce qu'on dit, hein, une nana casée qui veut perdre du poids, soit elle a un amant, soit elle veut être parfaite dans sa robe de mariée… Alors, vu que t'es déjà mariée ! conclut Camille sournoisement.

Derrière son air désinvolte et son joli minois, Camille était en réalité une redoutable cancanière. Colporter toutes sortes de ragots vrais ou faux était chez elle une seconde nature, si ce n'était la première ! « Ah ! Je vous l'disais bien que son côté sainte-nitouche cachait quelque chose ! Je les renifle, moi, ceux qui ont quelque chose à se reprocher ! » s'était-elle flattée la fois où l'on apprit que Nathalie Dupont, du box F, était retournée précipitamment habiter chez sa mère. Suite à un appel anonyme, son mari avait été informé que si certaines employées de Buzzeex Communication gravissaient les échelons à la sueur de leur front, son épouse, elle, y parvenait à la chaleur de ses cuisses. Parait-il que le soir même elle avait récupéré en larmes ses affaires dans deux sacs-poubelle au comptoir de la réception. Cynthia, quant à elle, eut tout de suite son idée sur l'identité du délateur ou plus précisément de la délatrice. Deux ans, cinq mois, deux semaines et deux jours exactement que Camille était, non seulement sa voisine de cubicule, mais un malheur n'arrivant jamais seul, également sa charmante voisine de palier ! Quelle idée avait-elle eu de lui parler de cet appartement qui se libérait ! « L'immeuble est propre et très sécuritaire ! En plus, il y a un arrêt d'autobus juste en face ! Je suis sûre que tu vas l'adorer ! » Conclusion : Vie privée, ZÉRO !

Cynthia haussa simplement les épaules. Deux autres télévendeuses s'approchèrent en lâchant :

— Eh, les filles, avez-vous remarqué les minauderies de Burlais avec la nouvelle ?

— Elle se prénomme comment déjà ? demanda la première à la deuxième.

— Clarisse.

— Ouais… Vas-y, que je me colle pour t'expliquer le logiciel… et vas-y que je balade ma main sur ton épaule… et la Clarisse qui cambre ses tétons en plastique en avant…

— Bah, à part être aveugle ! Puis, savez-vous quoi les filles, j'suis sûre qu'il a explosé dans son slip, le gros vicieux ! appuya Camille.

— Beurk ! Tu es dégueu, clamèrent les deux en riant juste au moment où apparut, à l'extrémité du couloir, Pierre Burlais, la sacoche à la main et le manteau sur le dos. Il les salua et, considérant le petit groupe patientant déjà devant l'ascenseur, opta pour les escaliers.

— Pensez-vous qu'il nous a entendues ? s'inquiéta l'une des femmes en portant la main à sa bouche.

— Pff… Penses-tu ? Bah non, il est bien trop pressé d'aller à la pharmacie s'acheter des capotes pour conclure avec l'autre poufiasse ! renchérit Camille.

Et là, ce fut Cynthia qui frissonna à l'idée ridicule d'une quelconque éventualité d'accouplement avec cet éléphant de mer.

La porte s'ouvrit enfin. Se précipitant hors de la cage de l'ascenseur, un jeune homme mince, les verres de lunettes couverts de buée, dérapa et se rattrapa, in extrémis, à la manche du manteau à carreaux beiges de Camille. Il s'agissait de Serge, un commis-comptable. Elle bougonna un : « Fais chier, Woody Allen des bas quartiers ! ».

— Woody Allen ? s'interrogea une autre madame Dupont assez âgée qui venait de les rejoindre.

— Ben ! T'appelles ça comment toi, un mec qui parle en permanence de ses problèmes existentiels, de son psy qu'il rencontre plusieurs fois par mois et de son mal au dos, « mal au travail », de son besoin vital de se lamenter ? À ce qui paraît, même Chantal, la vieille bique des Ressources humaines n'en peut plus de lui !

L'autre pouffa de rire en suivant le petit groupe dans l'ascenseur.

Réfugiée sous l'abribus, Cynthia regardait Camille se laisser aspirer par la bouche de métro qui déchirait le bitume mouillé.

Les jours de pluie, elle esquive l'ambiance de promiscuité moite et étouffante du transport sous-terrain.

Elle aime se mettre dans le carré à l'avant du bus, près de la fenêtre, déposer sa tempe contre la vitre et contempler les silhouettes troubles défiler sur les trottoirs, deviner leurs visages dissimulés sous un parapluie, imaginer leurs vies. Si le bus arrivait à l'heure, elle aurait largement le temps de devancer Camille, ce qui lui épargnerait d'encaisser son sarcastique : « Bonne soirée avec ton Zamoureux » sur le palier. Tout ça à cause du léger cheveu sur la langue de Francis.

L'affiche publicitaire de l'abribus vantait avec humour la facilité de rencontrer l'âme sœur afin de ne plus passer ses soirées seul. Ils avaient révisé la mythique scène du partage du plat de spaghetti du long-métrage de Disney « La Belle et le Clochard » et qui finit par un baiser. Sauf que le bout du spaghetti que l'homme savoure est scotché aux lèvres glacées de la photo d'une femme d'un magazine. Cynthia sourit et détourna la tête.

Dix minutes s'étaient écoulées et ils étaient déjà à présent une bonne dizaine à faire le pied de grue à l'arrêt d'un bus qui donnait l'impression qu'il ne viendrait pas.

« Finalement, j'aurais dû prendre le métro », pensa-t-elle.

Cynthia avait hâte de rentrer. Son estomac grognait méchamment depuis deux bonnes heures déjà. À midi, sa biscotte sans sel et son misérable sachet de potage minceur lyophilisé « Stop GRAS » aux asperges n'étaient plus qu'un lointain souvenir. Sur la boîte, on promettait une perte de 500 grammes par jour à condition de boire de l'eau… beaucoup d'eau.

« Buvez de l'eau ! Encore de l'eau ! Toujours de l'eau ! Rien que de l'eau ! Au moins deux litres par jour ! »

Le matin : café sans sucre à volonté, une galette de riz et un pamplemousse, le midi : un sachet « Stop GRAS », au goûter : un yaourt 0 % et le soir : elle alternait, selon l'humeur des victuailles du frigo, entre deux fines tranches de viande de dinde ou de jambon ou encore un petit filet de maquereau, en conserve. Le mois précédent, elle avait également testé la tisane amaigrissante « Mince alors ! » Une concoction marron au goût âcre, faite avec des racines de plantes chinoises, permettant miraculeusement de fondre à vue d'œil sans changer ses habitudes alimentaires ! Résultat : Pèse-personne = - 0 lb. Porte-monnaie : - 39,95$.

Six jours, deux heures et vingt-huit minutes qu'elle s'affamait pour faire sensation après-demain dans une minuscule robe bleue de cocktail dégriffée, dénichée pour trois fois rien dans une friperie de la rue Saint-Denis et qu'elle gardait précieusement pliée dans une boîte en carton rose au-dessus de l'armoire de la chambre. Jeudi 5 septembre sera leur troisième anniversaire de mariage. Les noces de Froment. Francis et elle iront comme d'habitude souper chez Giuliano. Comme d'habitude, après ils marcheront main dans la main jusqu'à la voiture. Et une fois rendus à l'appartement, ils feront l'amour… peut-être.

Cynthia respira profondément et balada son regard sur le trottoir d'en face avant de s'arrêter sur un homme de forte corpulence dont la démarche lui parut familière et qui sortait d'une pharmacie. Pierre Burlais. Cynthia se rappela, illico, l'allusion moqueuse de Camille et se pinça les lèvres pour ne pas rire.

Le bus arriva enfin, s'arrêta, puis repartit dans un épouvantable bruit de pot d'échappement…

* * *

Pierre Burlais avait pour habitude de marcher vite dans la rue. Tête baissée et les écouteurs enfoncés dans les oreilles, il avait l'air concentré sur les paroles. À présent, il n'était plus qu'à deux pâtés de maisons de l'avenue Tardif et après ça il lui suffirait de couper par le terrain vague pour arriver à destination. Chaque soir, il empruntait le même chemin. Une sorte de raccourci rigoureusement chronométré qui lui permettait de gagner parfois une bonne poignée de minutes.

— Pourvu que le feu passe au rouge ! invoquait-il en arrivant aux quatre passages piétons qui jalonnent son parcours.

La hantise permanente d'arriver en retard ne le quittait plus. Précisément depuis ce fameux soir où lors d'une énième crise, elle avait voulu lui lacérer le visage avec un couteau. Instinctivement, il avait levé la main pour se protéger. L'acier dentelé lui avait sectionné les tendons du poignet. Tout s'était passé en une fraction de seconde. Curieusement, ce n'était pas tant de la douleur dont il se souvenait le plus, mais du cri dément qu'elle avait poussé à la vue de la grande quantité de sang qui giclait partout dans le salon. Six ans. Six ans maintenant qu'il avait appris à devenir gaucher. Et après six ans, il ne conjuguait toujours pas avec le regard des autres. Celui des enfants d'une curiosité espiègle et dépourvu de préjugés le faisait amèrement sourire. Sinon, il y avait le moqueur, l'inquisiteur, le méprisant, le fuyant, qui avaient le chic d'alimenter le sentiment idiot de lui pourrir la vie. En six ans, il avait surtout vite compris que son malheur faisait imparablement le spectacle des autres. Le chirurgien lui avait expliqué que cela prendrait du temps avant que sa main ne retrouve un certain pourcentage de ses facultés. Qu'il fallait surtout se montrer patient. Foutaise ! À ce jour, il n'avait pas vu l'ombre de la moindre amélioration.

— Que pouvait-il faire avec ça maintenant ? pensait-il en enfonçant un peu plus la main atrophiée dans le fond de son imperméable.

Une sorte de trognon pendouillant et plissé dont de vilains doigts, comparables à des crochets distordus, paraissaient lui pénétrer la chair. Chaque matin, au réveil, il s'empressait d'allumer la lampe de chevet, dans l'espoir d'y retrouver une main parfaite ou tout du moins celle qu'il avait avant. Chaque fois, ce fut cette abjecte boule de viande enveloppée de peau flétrie qui rayonnait de toute sa laideur.

Pierre Burlais s'arrêta au centre du terrain vague et contempla. Cet immense espace de terre mouillée, jadis destiné à la construction d'un centre commercial, mais dont le projet avait avorté sans que personne sache vraiment pourquoi, était désormais devenu un dépotoir de ferraille, carcasses d'autos et vieux bidules en tout genre. Cet endroit sauvage lui était néanmoins familier. La clôture défoncée lui rappelait la déchirure de sa lèvre supérieure et le décor l'image pitoyable d'être une épluchure du monde. Il distingua au loin le haut de la toiture de tuiles arrachant au soleil ses derniers rayons luisants comme des lames de rasoir. Il avait encore le choix de faire demi-tour et courir ventre à terre en direction opposée. Sans jamais se retourner. Sans jamais revenir. Mais en avait-il seulement l'audace ? L'angoisse qui lui tirailla brièvement le ventre le poussa à reprendre sa marche.

Assise sur une chaise devant la maison, une femme, la soixantaine naissante, expulsait violemment une grande bouffée de fumée de cigarette. Dans un nuage grisâtre, sa longue silhouette sèche se levait et s'abaissait au rythme du bruit des pas venant de la rue. De temps en temps, elle jetait un coup d'œil sur deux fillettes qui jouaient à sauter dans des flaques dans le jardin de la maison d'à côté.

Pierre Burlais inspira profondément, poussa le portail et lança sur un ton qu'il voulut le plus jovial possible :

— Bonsoir maman !

La femme se releva de sa chaise, tira une dernière fois sur le restant de sa cigarette, la jeta à ses pieds et l'écrasa du bout de sa chaussure.

— Finalement te voilà ! balança-t-elle en rajustant le châle épais qui lui couvrait les épaules.

— Tu as intérêt à avoir pensé à mes médicaments, grommela-t-elle avant de disparaître derrière la porte.

Entre l'amour et la haine, il n'y avait qu'un pas. La question était de savoir qui d'elle ou de lui l'avait franchi le premier…

***

– Pas moyen de venir à bout de ces saloperies ! Les distributeurs polluent les boîtes aux lettres avec leur prospectus, les propriétaires des boîtes aux lettres les jettent sans les lire et polluent le plancher… au final, qui l'a dans l'os ? Ben, c'est MOI ! râlait Dolorès Santiago en balayant la pluie de coupons orange et vert parsemant le sol au moment où Cynthia arriva dans le hall d'entrée.

Dolorès Santiago, la quarantaine tassée, était une femme à la stature imposante, mais au caractère mollasse. Lorsqu'elle n'était pas dans les escaliers à contempler les dalles sales, elle passait le temps à cultiver un géranium planté dans un pot qu'elle avait déposé sur le rebord de la fenêtre de sa petite loge de concierge qui donnait sur la cour. Cour dont elle surveillait d'un œil vigilant la moindre entrée et sortie de chacun. En réalité, elle aurait voulu faire régner l'ordre et la discipline dans cet immeuble de vingt-sept logements comme le faisait autrefois son prédécesseur, monsieur Senteur, surnommé « sans cœur » par l'ensemble des locataires et ironiquement décédé d'une crise cardiaque l'année précédente. Mais tout le monde savait que Dolorès, mise à part gueuler après quelques locataires qu'elle avait pris en grippe, n'avait aucune ombre d'autorité en commençant par ses trois garnements de garçons, âgés de sept à dix ans, qui la faisaient littéralement tourner en bourrique.

Cynthia salua la concierge gentiment d'un sourire.

– Ah, au fait madame Morel ! Pensez bien à enlever les moustiquaires de vos fenêtres ! Les agents du service de désinsectisation passent demain matin entre 9 h et 11 h, qu'ils m'ont dit… j'ai affiché une note dans l'ascenseur, même si personne n'y fait jamais attention…

– Merci pour le rappel, je les ai déjà enlevées ce matin ! acquiesça Cynthia en vidant sa boîte aux lettres d'un prospectus de bons de réduction d'une chaîne de pizzeria.

– Parfait ! Au moins si tout le monde était comme vous, ce serait plus simple ! L'année dernière, l'ancien locataire du 5C n'avait pas voulu me laisser les clés, soi-disant qu'il ne voulait pas de produits chimiques chez lui donc, finalement, ça n'avait servi à rien…

– Vous avez raison, madame Santiago… Bonne soirée ! envoya Cynthia pour couper court à la conversation et en se dirigeant vers l'ascenseur.

– Oui… bonne soirée à vous aussi !

Dolorès reprit son balai et partit à la rencontre d'une vieille femme en manteau de laine gris qui tenait en laisse un bichon frisé. C'était la veuve Germaine Dumoulin et sa fidèle Praline, appartement 2C, l'appartement à droite du sien.

– Pas moyen de venir à bout de ces saloperies ! reprit la concierge, au moment où les portes de l'ascenseur se refermèrent.

Cynthia enleva son manteau sur le pas de la porte afin qu'il ne dégoutte pas sur le tapis neuf de l'entrée, l'accrocha à la patère, puis jeta son sac sur le banc rembourré. Elle se déchaussa et se dirigea en collant jusqu'à la cuisine. Elle arracha au passage une feuille du bloc-notes suspendu au petit tableau en liège en forme d'ours, y dépunaisa une série de bons de réduction qu'elle remplaça par ceux de la chaîne de pizzeria, ouvrit un petit tiroir en sortit un stylo et une mini calculatrice.

Elle ouvrit le réfrigérateur. Il renfermait une bouteille d'eau minérale entamée, un œuf, un restant de Munster, deux bières et un demi-litre de lait.

Elle griffonna une dizaine de lignes, ferma la porte, ouvrit un placard, puis un deuxième, griffonna à nouveau.

Puis assise à la table de la cuisine, elle étala les coupons colorés et pianota sur la calculatrice.

— … trois, moins, un… moins deux, plus un… Voilà, je pense n'avoir rien oublié ! déclara-t-elle en parcourant la liste. On devrait en avoir pour 43… allez, gros max. 48 ! Ouah, une belle économie non négligeable de 37 dollars ! réalisa joyeusement Cynthia en se frottant les mains.

Cynthia était devenue une chef en matière de réduction de la facture du panier d'épicerie. Accumuler les bons de réduction et appliquer les points de fidélité était devenu son sacerdoce. Des pâtes à 10 cents la boîte ? Let's go ! Du papier toilette gratuit ? Oh, que oui ! Deux articles pour le prix d'un ? Par ici !

Au début, elle cherchait à tout prix un moyen d'économiser quelques dollars à gauche et à droite. Pas évident de partager sa vie avec quelqu'un qui gère très mal ses finances et pour qui l'épargne et les placements reviennent à acheter des clopes et des jeux à gratter. Elle lui avait dit mille fois d'y aller mollo avec la carte de crédit, mais Francis, avec son côté flambeur, s'entêtait. « On n'a qu'une vie à vivre Pupuce ! Ne sois pas si contrôlante ! » n'arrêtait-il pas de lui répéter. Et comme elle évitait les disputes, elle ravalait ses mots en angoissant silencieusement à propos de leur avenir.

Puis, à l'obligation de tenir les cordons de la bourse du ménage serrés, s'était ajoutée l'excitation du défi. Ainsi cela lui passait le goût d'amertume qu'elle pouvait ressentir parfois. Les bons vieux coupons papier avaient triomphé de la dizaine d'applications numériques qu'elle avait testées.

Parfois, certains clients pressés, fatigués ou impatients derrière elle, réagissaient mal, ce qui stressait considérablement les caissières le nez fourré dans la liste de codes de réduction, mais la joie que lui apportait la lecture du montant de son ticket de caisse lui ôtait toute culpabilité.

Malgré ses précieux efforts, Cynthia savait que ce mercredi, comme tous les mercredis, jour des courses, une deuxième source de stress l'attendait. Francis. Faire les courses avec Francis relevait du parcours du combattant ! Avec lui, elle devait redoubler de vigilance dans les rayons afin d'éviter une mauvaise surprise à la caisse.

Encombrer le chariot de tout et n'importe quoi en déambulant dans les allées de produits inutiles était sa spécialité. Tandis qu'elle, les coupons et la liste coincés entre les dents, le cherchait partout les bras chargés d'achats ciblés en promotion pour ne pas exploser le budget alimentation.

« Ding » elle venait de recevoir un SMS de Francis justement : « Je suis en bas, Pupuce ».

— Pourquoi persistes-tu toujours à stationner à dix kilomètres de l'entrée alors qu'il y avait deux places de libre juste en face ? pesta Cynthia alors que leur voiture s'éloignait doucement du magasin sur le stationnement.

— Parce que plus tu es à l'écart, moins tu as de risques de te prendre des coups de portières et retrouver ta voiture avec une bosse ou des égratignures… voilà pourquoi ! C'est bien toi qui te plaignais de ne pas faire suffisamment d'exercice, non !

— Bah alors quel intérêt dans ce cas de la mettre juste à côté des rangements de chariots ? La plupart des gens ne prennent même pas la peine de bien les emboiter, suffit qu'il y en ait un qui roule tout seul et bang !

— Écoute Pupuce ! Tu stationneras où bon te semblera quand tu auras ton permis…

Cynthia se tut net. Elle ne supportait pas lorsque Francis lui décochait cette remarque. Et il le savait. Bien qu'elle obtint son code de la route avec une facilité déconcertante, elle avait raté son examen de conduite quatre fois. Dans la voiture de l'auto-école, aux côtés du moniteur, elle se sentait en pleine maîtrise. Aux côtés de l'inspecteur, c'est engloutie par le stress et l'estomac noué qu'elle échouait lamentablement. Quasiment tout le monde avait ce foutu bout de papier, symbole de liberté, dans le portefeuille, sauf elle !

Cynthia se contenta d'attraper à l'arrière les deux sacs de courses réutilisables en coton avec le logo du magasin et ils descendirent en silence de l'auto.

Et là, en entrant, surprise ! Un monde incroyable avec des chariots chargés comme des semi-remorques agglutiné aux caisses ! Même à celles prioritaires, sans femmes enceintes ni personnes à mobilité réduite !

— On reste ensemble, hein ! rappela Cynthia une main agrippée à l'avant du caddie alors que Francis, les deux mains sur la poignée, semblait déjà attiré par un amoncellement pyramidal de coffrets DVD de l'Intégrale de Game of Thrones en Édition Collector Limitée.

— Même pas en rêve ! lui lança-t-elle au moment où il s'apprêtait à en saisir un.

— Je ne fais que regarder !

— Eh bien, regarde avec les yeux pas avec les mains !

— Pff ! ... il y a un tas de bonus de scènes coupées et de chroniques !

— C'est bien mieux d'attendre que le prix baisse. Dépose-le et avance, tu empêches la dame de passer.

— Non, l'autre boîte à côté... non, la jaune... voilà celle-ci...

— Si c'est pour râler, autant la prendre vous-même, Madame ! taquina l'homme en sautant pour tenter de faire basculer une boîte de céréales.

— Avec mon mètre soixante, comment veux-tu que j'attrape leur produit qu'ils mettent à trois mètres du sol, aussi !

— Oh, on pourrait se faire des croquettes de poulet ce soir, tiens ! proposa-t-il ensuite en balançant une grosse barquette de vingt morceaux dans le chariot.

— Redépose-la, voyons ! Il en a déjà deux au congélateur ! Prends la brandade de poisson à la place… Non, il n'y a pas de coupons de réduction pour celle-ci ! L'autre oui ! Voilà, merci.

— Tu sais faire la différence entre de la truite et du saumon, toi ? J'en suis incapable ! dit Francis en riant.

— À quoi bon, on n'achète que ceux en conserve de toute façon ! D'ailleurs, elles seront en promo la semaine prochaine. Allez, allez, avance Francis ! L'air glacé que soufflent leurs réfrigérateurs me gèle le cou ! répondit-elle en frissonnant.

— À vos ordres, mon colonel ! répliqua l'homme en mimant le signe du salut militaire.

Soudain, aux étalages de fruits et légumes, un garçon d'environ huit ans, les deux pieds en équilibre au-devant du chariot, déboula dans leur direction à base de dérapages contrôlés. Cynthia fit volte-face et évita in extrémis le choc.

— Bon sang, j'te jure ! échappa la jeune femme en regardant la mère, tirée à quatre épingles, tranquillement occupée à goûter un bout de saucisson au présentoir de la boucherie.

— Bon, alors… clémentines, tomates… ça, c'est fait… pensait Cynthia les yeux fixés sur la liste. Il nous reste plus que…. Francis ?

Elle regarda autour d'elle. Plus de Francis.

— Pff ! … Il est passé où encore ! râla Cynthia jusqu'à ce qu'elle distingue au loin sa grande silhouette se faufiler dans la foule.

Elle arpenta les allées rapidement, dépassa les rayons confiseries où un enfant turbulent d'à peine quatre ans faisait une crise, car il voulait un paquet de biscuits au chocolat. À côté, le père dépassé expliquait à la grande sœur qu'ils n'allaient pas acheter ce paquet de croquettes pour chien pour la simple et bonne raison qu'ils n'en avaient pas de chien.

— Pas ce liquide vaisselle, voyons, c'est le double du prix ! sermonna gentiment Cynthia en déposant sur le siège enfant du chariot, les sachets de clémentines et de tomates. Tu vois bien que cette lessive n'est pas celle que l'on prend d'habitude ! poursuivit-elle en secouant la tête de gauche à droite. Tu ne fais vraiment pas attention !

Le restant du trajet jusqu'aux caisses s'effectua sur le qui-vive, un œil sur la liste, un œil sur Francis pour s'assurer qu'il ne pollue pas le chariot de produits hors de prix.

Une dame aux cheveux blancs déposait au ralenti un à un les articles sur le tapis roulant. Au fur et à mesure qu'elle les sortait, elle vérifiait scrupuleusement la date de péremption sur chaque emballage.

— Je fais toujours très attention aux dates, vous savez ! dit-elle d'une petite voix cristalline en souriant à la caissière.

— Oui nous aussi, sauf que nous, on n'attend pas d'arriver aux caisses pour le faire ! marmonna Francis à Cynthia qui inspectait du regard le contenu du chariot.

— Je ne comprendrai jamais pourquoi les personnes âgées s'obstinent à faire leur course à une heure pareille ! Elles ont toute la journée pour ça ! ajouta-t-il.

— Le mercredi, les 65 ans et plus ont droit à un rabais de 10 %, c'est peut-être pour cela ! répondit Cynthia. Comment crois-tu que tu seras à la retraite !

— Moi, je serai un papy cool qui fera ses courses aux heures de bureau comme tous les papys cools !

— Pff ! N'importe quoi ! sourit Cynthia.

Après deux tentatives ratées de paiement par carte, pour s'être trompée de numéro dans son code qu'elle jurait pourtant, haut et fort, connaître par cœur, la vieille dame paya finalement comptant.

— Oh, non ! lâcha Cynthia juste au moment où Francis commençait à déposer leurs articles sur le tapis.

— Quoi ?

— J'ai oublié les œufs !

— Tu veux que j'y aille ?

— Non, non, non, tu te trompes chaque fois ! Je préfère y aller moi-même… Continue, j'en ai pour une minute !

Et elle partit en catastrophe en se frayant un chemin.

À son retour, la caissière finissait de scanner les articles. Cynthia essoufflée déposa sur le tapis roulant un contenant gris de douze œufs de calibre moyen.

— Ouf, c'était juste ! souffla la jeune femme à la caissière en lui tendant la petite liasse de coupons.

— Bah, c'est exactement ceux-là que j'aurai pris ! rétorqua Francis en jetant maladroitement les articles dans les sacs.

— Mais fais donc attention, voyons ! Les grosses bouteilles, toujours, au fond du panier, les œufs et les fruits en dernier… c'est pourtant logique, accusa Cynthia en l'aidant à ranger les courses pendant que la caissière procédait aux déductions des promotions.

— Oh, toi et ta précision de géomètre !

— Cent quarante-deux et trente-sept ! Paiement par carte ou espèces ? …

— … Euh… Vous êtes sûre du montant ? Il doit certainement y avoir une erreur, questionna Cynthia, ébahie, à la caissière. Êtes-vous sûre de ne pas avoir facturé un article plusieurs fois ? Ce n'est pas possible…

Cynthia regarda Francis qui sifflotait une mélodie improvisée pour avoir l'air cool comme un enfant venant de faire un mauvais coup.

— Aucune erreur, madame… voyez vous-même, répondit l'autre, dans un calme olympien, en se contentant de faire pivoter l'écran affichant la liste des articles scannés.

Ce n'est qu'au moment où Cynthia se pencha pour décortiquer les lignes d'informations que Francis déclara en agitant sous son nez une boîte noire et or. Le coffret collector de Games of Thrones.

– Je nous ai fait un petit cadeau, Pupuce ! C'est chouette, non !

Dans la file d'attente, une femme, les bras chargés lança, à la caissière sur un ton d'indignation : « Qu'est-ce qu'il se passe, madame ? Ça n'avance pas ! J'ai deux packs d'eau, hein… »

Cynthia, consternée et les joues rouges, glissa la carte bancaire dans le boitier…

* * *

Le salon de coiffure « Chez Fanny » situé à l'angle du boulevard Ford et de la rue des Roses était sur le point de fermer. À 21 h, la salle était vide à l'exception d'une petite mince aux cheveux auburn qui balayait. C'était Fanny Béranger, la patronne. Le moins qu'on pouvait dire, c'était qu'elle gérait son commerce seule comme une grande. Entre le salon qui ne désemplissait pas de la journée, les services de coiffure au domicile des clientes et bientôt l'ouverture d'une salle à l'arrière proposant une gamme complète de soins esthétiques, les affaires avaient l'air de plutôt bien rouler.

L'avantage du salon était son emplacement, à l'entrée d'une rue piétonne très dynamique. L'autre avantage aussi était le petit conteneur rouge du service de la Poste adossé au mur destiné à recevoir du courrier. D'ailleurs, le propriétaire de la main gantée la trouva facilement et y glissa une enveloppe mauve.

2

La porte du cabinet se referma lentement derrière la jeune femme dans un désagréable bruit de gonds rouillés.

« Avant la fin de l'année… avant la fin de l'année… » se répéta-t-elle à voix basse en cherchant à tâtons l'interrupteur dans la pénombre. L'ampoule grésilla au-dessus de sa tête éclairant faiblement un couloir étroit qu'elle longea jusqu'à un vieil escalier étriqué en colimaçon.

L'immeuble comptait seulement deux étages et semblait avoir été la veille la cible d'un bombardement tant tout était délabré. Elle sortit de la poche frontale de son sac bandoulière un mouchoir en papier, le déplia d'un coup sec et le déposa délicatement sur la rampe. Elle plaqua sa paume, puis descendit, prudemment, une à une les marches en bois.

Ce n'est qu'une fois sur le trottoir, après avoir balancé le mouchoir dans une poubelle en plastique vert, qu'elle reprit sa respiration. Les yeux fermés, elle resta immobile les narines écartées, jusqu'à ce que les particules vivifiantes de l'air frais lui chatouillent les poils de son petit nez retroussé.

Dehors, c'était le matinal incessant va-et-vient d'hommes et de femmes pressés, armés d'attachés-cases. Rien de plus normal, rien de plus banal pour un jeudi matin à huit heures au centre-ville ! Au moins, elle n'aurait pas à prendre le métro. C'était déjà ça de gagné ! Elle détestait cette promiscuité impersonnelle, où, tassés les uns sur les autres comme des cancrelats, on subissait le lot d'attouchements visuels glauques et tout aussi sales de parfaits inconnus en fermant sa gueule. Prendre un taxi aurait été une alternative, mais elle avait déjà assez gaspillé d'argent comme ça ! Elle décida donc de se rendre à pied. Il y en avait grosso modo pour quinze minutes et une bonne marche lui ferait le plus grand bien !

Devant le passage pour piétons, elle frissonna. Ne sachant pas si c'était juste elle ou l'air frais et l'humidité, elle releva le col de son manteau et enfonça les mains dans ses poches.

La séance avait duré en tout et pour tout quarante-huit minutes, alors que la carte de visite en promettait soixante !

« N'avancez plus comme un aveugle dans la nuit ! Laissez-vous guider par les surprenantes prédictions de Mama Phara ! Contactez Mama Phara pour une véritable voyance pure de soixante minutes ! » se remémora-t-elle au moment où ses doigts se refermèrent sur le petit bout de carton glacé.

Habituellement, elle jetait systématiquement à la poubelle les tracts qu'elle recevait. Habituellement. Mais là, dès qu'elle avait pris possession du petit carton rectangulaire, c'était comme si c'était lui qui avait pris possession d'elle. Elle avait lu et relu la phrase, écrite en caractères anciens, une bonne centaine de fois au moins avant de se décider à finalement composer le numéro. Résultat, trois mois d'attente pour obtenir un rendez-vous ! Rien que ça ! Soit, son agenda était vraiment bien rempli et cela signifiait combien elle était extraordinaire. Soit, c'était du bluff et dans ce cas là… Non ! Elle préféra éluder cette dernière hypothèse.

Les terrasses désertes et les boutiques aux portes closes défilaient sur le côté, identiques, comme une large bande de taches successives s'estompant graduellement sur son passage. Elle longeait à présent le boulevard René Lévesque Ouest. Dans la douce agitation des rues qui s'éveillaient, les cellules de son cerveau tressautaient tel un vieux magnétoscope détraqué. Visionner à l'infini cette poignée de centième de seconde où la réponse, en verdict fébrilement attendu, était tombée :

— Avant la fin de l'année…

Oui, c'était précisément ce que ces lèvres sombres et épaisses surmontées d'un fin duvet blanc avaient affirmé : « *Avant la fin de l'année.* »

— Mes zaïeux ! Tu as bonnes vibrations, madame ! Depuis tu as née, je vois ! Tu as beaucoup chance… beaucoup chance ! …

Elle avait la peau du visage cuivrée et plissée au point que la simple idée d'une ride supplémentaire n'était même pas envisageable.

— … Je fème les zyeux et les zespwits me pawlent ! Ouiiii… Ouiiii… Mama Phawa dit vrai… Mama Phawa les zentend bien…

Eh bien, parlons-en justement ! Qu'est-ce qu'ils lui disaient ces foutus esprits ? Et puis aussi où était la boule de cristal ? Les jeux de cartes ? Les pierres gravées de symboles bizarres ? Hein ? Où ? Rien. Il n'y avait rien de tout cela ici. C'était pourtant bien ce genre de choses qu'utilisent d'habitude les voyantes, non ?

La vieille sorcière lui avait demandé de s'asseoir face à elle. Après avoir allumé une bougie blanche dans un coquillage ressemblant vaguement à une coquille Saint-Jacques, elle avait tout bonnement plaqué les paumes de mains sur la table en lui demandant, les yeux clos, son prénom.

La lueur blafarde dans la noirceur de la pièce semblait se jeter dans les profondeurs de ce corps flétri pour faire rejaillir la lourdeur de ses traits usés.

Dans la minute qui suivit, elle avait été prise de convulsions violentes à un tel point qu'elle ne savait pas si elle devait lui appeler ou non les secours.

— Hum… Je vois beaucoup de gens devant toi… oui beaucoup beaucoup… oui… Euh ! Comment te diw ? … je vois tu twavailles des fois assise… hmm des fois debout…. Comme si tu surveilles les gens qui passent devant toi… hmm… Je te vois amouweuz… pa amouweuz… Si Amouweuz… oh la la toi tu es une girwouette hein…. oui… une

girwouette ….! ricana-t-elle en exposant fièrement des gencives partiellement édentées.

Et se penchant vers elle, lui confia à voix basse dans une infecte odeur de mauvaise haleine :

– *Les zespwi des fois sont capwicieux…, hein…*

Mouais Capricieux ! On va dire ça ! pensait-elle en lui tendant cinquante dollars. La main osseuse s'empara du billet craquant brun et le brandit illico face à la vitre crasseuse de l'unique fenêtre du petit salon, d'où un rayon jaunâtre filtrait péniblement jusqu'au carré de tissu rose qui dissimulait en réalité une table de bridge.

– *De nos jouws tu sais, hein !* soupira-t-elle en le glissant dans son soutien-gorge dont le rôle était devenu celui d'une bourse.

Elle souffla d'un coup sur la flamme de la bougie blanche puis exposa à nouveau ses gencives roses. À son arrivée, si elle n'avait pas aperçu, dans l'entrée, une statue de la vierge Marie, les mains jointes, elle serait à coup sûr repartie sur-le-champ sans demander son reste. Cette présence la rassura, la conforta dans son idée qu'elle ne faisait rien de mal, puisqu'après tout cette vieille sorcière et elle partageaient la même religion.

« *… Eh ben, madame, souwi ! Toi et ton âme sœuw sewez wéunis avant la fin de l'année ! … Gawde bien ça en tête ! … son pwénom commence paw une voyelle,… et… termine par ic… Les zespwits ne se twompent jamais ! …* »

La foule qui l'entourait traversa la rue, elle suivit le mouvement, tourna à droite pour franchir d'un pas vif la large entrée de l'édifice où sa journée de travail l'attendait…

– Hola, Judith ! *Como estas esta manana ?* lâcha un homme accoudé au comptoir de l'accueil au passage d'une sprinteuse, qui, le regard scotché sur le cadran de sa montre, fonçait directement à l'ascenseur.

– Oh, j'ai eu de meilleurs matins Enrique ! répondit-elle en s'arrêtant nette. Et toi, toujours aussi débordé à ce que je vois !

continua-t-elle en pointant le menton en direction de la standardiste qui ne ratait pas un mot de la discussion.

— Caramba ! Toi, tu as ta tête des mauvais jours ! Ce n'est pas à cause d'hier soir au moins ? poursuit l'homme en lui adressant un rapide clin d'œil.

— Euh, tu m'excuseras, mais là on m'attend ! décocha-t-elle en plissant les yeux l'air de dire « De quoi parles-tu ? », puis réalisant aussi sec qu'il devait faire allusion aux monstrueuses poches qu'elle avait sous les yeux.

— À plus tard ! conclut-elle en tournant déjà le dos et en se précipitant dans la cage d'ascenseur quasi bondée dont les portes étaient sur le point de se refermer.

— OK, Enrique ! Occupe-toi de tes affaires, mec ! se répondit-il à lui-même d'un air tendu vers la standardiste qui faisait pivoter le siège de son petit fauteuil en polyester bleu de droite à gauche et de gauche à droite comme hypnotisée par l'intrigue de la conversation.

— Punaise ! Quelle mouche l'a piquée aujourd'hui ? s'étonna la jeune femme.

— Justement, aucune ! C'est bien cela le problème ! ironisa l'autre, l'air un peu renfrogné.

— Oh ! Mon petit doigt me dit que j'ai loupé un épisode, hier moi ! lança-t-elle d'un air intéressé. Le regard planté dans celui du gars elle paraissait attendre fiévreusement la suite.

— Ah ça, c'est le moins qu'on puisse dire Émilie ! souffla-t-il en gonflant le torse comme un coq paradant fièrement devant la meilleure poule pondeuse de son poulailler.

— Figure-toi, ma chère, qu'hier soir… il devait être pas loin de huit heures et quart, Judith et moi on papotait de tout et de rien au parking sous-terrain pendant notre tournée de surveillance… tu vois, c'est plus sécuritaire… les employés qui regagnent leur véhicule tard sont rassurés, la direction est satisfaite que les employés soient rassurés, nous-mêmes on est contents de se dégourdir les guiboles.

– Ouais, c'est bon, j'ai compris. Tout le monde est heureux ! Passe les détails, interrompit Émilie, les yeux écarquillés et brûlant d'impatience de connaître la suite.

– Bref ! Voilà qu'une voiture déboule en trombes ! Judith et moi on se regarde, prêts à intervenir, et là tu as la nana de Lamarque qui descend ! Tu sais le patron de Buzzeex !

– Alors là déjà, une petite précision qui a toute son importance ! Xavier Lamarque n'est pas le boss de Buzzeex Communication. Sous ses grands airs de PDG, il est juste manager, OK ! Mais désolée, continue…

– Bon, je disais donc… la femme de Lamarque se pointe avec son chauffeur.

– Han, elle se tape le chauffeur !

– Mais non… non, arrête de m'interrompre toutes les dix secondes, tu vas me faire perdre tout le punch de l'histoire !

– OK, OK… je me tais, je t'écoute, promit la jeune femme en mimant sur ses lèvres du bout des doigts la fermeture d'une glissière.

– Eh vlan ! Coup de théâtre ! Elle passe un appel sur son cell. Le chauffeur ouvre le coffre, sort deux valises énormes, tu sais celles de luxe marron avec des motifs dorés dessus !

– Ouais, à tous les coups des Louis Vuitton, c'est bien le genre…

– … et encore un autre gros sac, un ensemble de clubs de golf. Le chauffeur rassemble le tout juste à côté de la barrière de stationnement… la minute d'après, Lamarque sort comme une fusée de l'ascenseur, elle lui tend une enveloppe… et Pouf ! Elle remonte dans la bagnole et repart illico presto comme si elle venait juste de glisser un courrier dans une boîte aux lettres ! dégainait-il pour ne plus permettre à l'autre de l'interrompre.

— Non ! J'hallucine ! s'exclama la standardiste.

Après avoir balayé du regard autour d'elle comme pour s'assurer que personne ne pourrait l'entendre, elle répéta :

— Elle a largué Lamarque comme une merde au taf !? Arrête tes conneries ! Tu me fais marcher ou quoi ?

— Non, non, je te jure sur la tête de mes enfants !

— Ben voyons, Enrique ! Tu n'as pas d'enfants ! s'exclama Émilie.

— Si, ceux que l'on aura bientôt toi et moi ! lui répondit Enrique en lui faisant les yeux doux.

— Ah, ah… très drôle ! Dire que j'y ai cru en plus à ton histoire de largage de Lamarque ! aboya la fille, l'air déçu, en reprenant le tri du courrier.

— Mais si, si je t'assure que c'est la stricte vérité !

— C'est dingue ! Han, tu sais quoi ! À mon avis, dans l'enveloppe il devait y avoir les papiers du divorce ! J'ai bien hâte de voir sa tronche ce matin à cette espèce de cavaleur d'arriviste ! Y a que le miroir de sa salle de bain pour le supporter plus d'une minute, ce mec !

— Le Lamarque il va arrêter de péter plus haut que son postérieur dorénavant ! À ce qu'il paraît, c'est elle qui avait tout le blé ! renchérit le gars.

— Ouais… et cerise sur le gâteau, papounet est actionnaire principal de Buzzeex ! Ce sera chaud pour ses fesses ! Il finira seul comme un pou entouré de canettes de bière vides… Dis ! C'est moi ou tous les couples cocufiés d'ici se passent le mot pour régler leurs comptes au boulot ? C'est fou. Rappelle-toi l'année dernière, Jessica !

— Oui ! Tu as raison, pauvre Jessy ! J'avais de la peine pour elle.

— Pourquoi de la peine ? Elle se faisait sauter par Lamarque pour une promotion qui lui aurait été attribuée d'office l'année d'après ! Son mari a bien fait de la ridiculiser devant tout le monde ! rétorqua sèchement la jeune femme.

– Tu veux savoir le fond de ma pensée ! Ma main à couper que c'est Camille qui l'a balancé ! Elle ne pouvait pas la saquer ! D'autant que vu l'ancienneté c'est elle qui aurait dû l'avoir la promo et non Jessica.

– Au fait, que devient-elle ? Elle a changé de succursale ? Je ne la vois plus…

– Dis donc, tu es également conseillé en emploi à tes heures perdues ? Il n'y a pas assez de nanas à ton goût ici ?

– Hey, calmos querida ! J'me renseignais par gentillesse, c'est tout… Tu sais bien que mes yeux ne jurent que par toi ma jolie.

– Oh, arrête, je risque de craquer et de fondre dans tes bras ! se moqua Émilie.

– Des promesses, toujours des promesses…

– Mais chut Émilie ! Motus et bouche cousue, hein ! Parce que Judith et moi on lui a juré de tenir notre langue !

– Franchement ! À qui veux-tu que j'aille le répéter ? Comme si c'était mon genre en plus ! souffla l'autre en levant les yeux au ciel.

– En tous cas, si fuite il y a, parce que fuite il y aura, cela ne viendra pas de moi ! Je suis une vraie forteresse en matière de secret ! se défendit-elle légèrement contrariée.

– En parlant de forteresse ! On se les fait quand ces pourparlers, toi et moi ? Aucune muraille ne résiste à ma grosse artillerie ! insista-t-il après avoir calé d'un coup de langue son chewing-gum contre l'intérieur de sa joue.

Son visage hâlé était à présent à quelques centimètres du sien. La jeune femme pouvait sentir son haleine mentholée ainsi que le parfum très masculin au bois de santal de sa lotion après-rasage. En guise de réponse, elle posa alors sur lui des yeux de merlan frit. Et juste au moment où elle s'apprêta à ouvrir la bouche, le beau mâle dominant fila précipitamment comme s'il avait vu un fantôme sans se retourner. Esquivait-il la forte probabilité d'essuyer un refus ou était-ce encore un de ces stratagèmes de séduction dans le seul et unique but de se faire désirer ? pensa Émilie en haussant les épaules puis en reportant son attention sur le balai frénétique d'ouverture et de fermeture de la grande porte vitrée du hall d'entrée.

8 h 30. C'était l'affluence des secrétaires, assistantes de directions, avocats, responsables de marketing, courtiers, ou autres stagiaires de l'immense immeuble de bureaux de dix étages. Dehors, la pluie tombait, à présent, à verse. Certains, judicieusement équipés de parapluie ou d'imperméable à capuche, prenaient le temps de s'essuyer brièvement les pieds sur l'immense paillasson brun, plus par crainte de glisser et de chuter lamentablement sur le sol devenu mouillé que par mesure de propreté. La plupart, le regard rivé sur l'immense cadran de l'horloge du hall, fonçait directement à l'ascenseur et maintenait avec insistance le bouton d'appel enfoncé comme pour en accélérer l'arrivée.

Un duo de ravissantes jeunes femmes, chacune enveloppée et encapuchonnée dans un vêtement de pluie en plastique transparent blanc, déboula en gloussant. Elles secouèrent leur parapluie, aux couleurs rose et or de l'agence *Balisier Cosmétiques* qui occupait la totalité du dixième étage, puis se libérèrent de leur humide emballage dévoilant ainsi une chevelure blonde au brushing parfait et un tailleur-jupe couleur bordeaux sobre et classe. L'une d'elles s'offrit même la fantaisie d'une ultime retouche express maquillage. Puis toutes deux s'orientèrent vers la réception en conversant.

— Partante pour un chocolat chaud ? Allez, j'te l'offre !

— Ah, ça, ce n'est pas de refus ! Même si ça n'accote pas celui de Chez Grand-Maman, une boisson chaude sera la bienvenue, car à ce rythme je suis bonne pour la pneumonie ! acquiesça l'autre en jetant un œil à ses chaussures en velours dont le bout carré était mouillé.

— Hey, Julie ! Ne joue pas ta snobinarde ! Salut Émilie ! Quoi d'neuf ce matin ? Tu nous as manqués hier ! souffla la plus petite une fois penchée sur le comptoir vitrifié en forme de demi-lune.

— Alors comme ça mademoiselle se fait draguer par l'Apollon de ces dames ! Veinarde ! continua-t-elle en caressant sa lèvre supérieure de la pointe de sa langue.

— Ça, c'est sûr ! Enrique chéri, le Don Juan de service va encore frapper… renchérit la grande blonde.

— Enfin Émilie ! Cet imbécile illettré a le niveau intellectuel limité au stade de « Ba », « Be », « Bi », « Bo », « Bu » qui lui permet à peine de parcourir les images de bandes dessinées pour enfant ! ponctua-t-elle finalement sous le regard inexpressif d'Émilie dont un petit rictus déforma légèrement le sourire.

— Yes ! Bien envoyé Vanessa ! Je n'aurais pas fait mieux ! Moi, ce genre de mec qui pense qu'en écoutant un milliard de compliments je vais céder à ses avances, non merci ! murmura l'autre d'un air satisfait et les deux comparses se tapèrent les paumes des mains en signe d'approbation.

— Vous avez zéro sur toute la ligne, les filles ! se défendit Émilie, comme enfin sortie de son état léthargique. Puis de toute façon, je ne suis pas du tout intéressée, alors !

— Hmm… c'est ça ouais…

— Ouais… Et puis j'ai promis de ne rien dire.

— Oh, vas-y, raconte ! reprirent-elles en chœur en s'approchant comme sur le point d'écouter un grand secret.

— Bon, tenez-vous bien les filles, chuchota-t-elle fièrement en jetant régulièrement un œil autour d'elle.

— … Non ! Tu déconnes ! Oh le scoop !… Han, la honte ! Trop forte la nana ! souffla la petite Vanessa mélangée entre l'indignation et l'admiration.

— D'un autre côté, je n'ai jamais pu l'encadrer, ce grand con de Lamarque, sa pétasse non plus d'ailleurs ! Ils s'étaient bien trouvés tous les deux !

— Ah oui, oui ça y est, je la remets ! Elle vient régulièrement au salon pour un soin exfoliant optimal complet alors qu'elle a une peau magnifique de bébé, cette conne ! Ouais, jamais pu l'encadrer non plus ! Elle ne laisse jamais de pourboire, en plus ! T'as raison, une vraie pétasse ! répéta Julie en hochant la tête d'un air qui se voulut approbateur.

Émilie les contempla à tour de rôle, la bouche ouverte comme une carpe. On aurait dit qu'elle allait éclater de rire.

— Les filles surtout j'vous ai rien dit d'accord ? Pour l'image de la boîte et tout le tsoin-tsoin, il ne faudrait pas trop que ça s'ébruite. Vous tenez votre langue, OK ?

— Mais enfin Émilie, tu nous connais ! répliquèrent les deux aussi sec. Puis, elles tournèrent les talons en gloussant et en se dirigeant vers l'ascenseur.

Les deux blondes se demandèrent pourquoi leur copine refusait d'admettre qu'elle avait le béguin pour Enrique, ce tas de muscles sans cervelle gonflés aux stéroïdes, aussi certainement fauché comme les blés qu'il était beau. Respirant l'intelligence et la grâce, leur ambition, quant à elles, les amenait à viser beaucoup plus haut. Ce n'était pas les hauts salaires qui manquaient ici. Le principal but des deux jeunes femmes était de rapidement trouver un homme riche. Le fait qu'il soit beau, jeune, gentil, sympa, bon amant, amoureux d'elle, n'avait aucune importance. Elles allaient l'épouser pour son fric. Rien que pour son fric.

La demi-heure qui suivit, la nouvelle s'était répandue comme une traînée de poudre devant la machine à café de la quasi-totalité des étages.

Celle du quatrième, essentiellement fréquentée par les employés de Buzzeex Communication, prenait rapidement des allures d'oratoire réservé aux mêmes privilégiés qui étaient perpétuellement en possession de nouvelles croustillantes des plus incroyables à révéler : qu'un des employés avait trompé sa femme, que l'autre était lesbienne, etc. Des cocasseries que les autres évidemment n'avaient, de préférence, jamais ouï dire et qu'il valait donc mieux garnir de détails plus ou moins originaux. Au final, ces dernières variaient et enflaient tant, que nul, y compris l'informatrice, n'aurait pu dire où se trouvait la vérité. Si ce n'était l'intéressé lui-même. Si tant est qu'il eût été au courant.

— Savais-tu que Lamarque avait foutu son épouse à la porte parce qu'elle couchait avec leur chauffeur ? envoya une Nathalie Dupont, les yeux plissés à une Valérie Durant accompagnée d'une stagiaire qui était suspendue à ses lèvres.

— Ah oui ! Ben moi, on m'a dit le contraire ! informa l'autre, les deux bras croisés sur son ventre en regardant le liquide fumant jaillir de l'appareil pour se déverser dans le gobelet en plastique. De toute façon, tu n'y es pas du tout ! La baraque appartient à sa femme ! C'est elle qui l'a viré comme un mal propre ! Alors qui t'a raconté cette ânerie ? questionna-t-elle, une main sur le côté, en regardant intensément sa commère dans l'attente du scoop qui ne saurait tarder.

— Ah, désolée Camille, je ne révèle pas mes sources ! se défila alors l'autre, l'œil brillant.

— Pff ! C'est nul ! Remarque, il y a de quoi péter les plombs d'apprendre que son mari couche avec tout ce qui bouge !

— Tu vois Audrey, ici il faut aimer le café ! Si tu n'aimes pas le café, tu ne peux pas prendre de pause-café ! Pas de pause-café. Pas de scoop ! claironna fièrement Camille à la petite stagiaire, qui semblait, à peine, sortie du lycée… Bon, je te l'accorde, c'est du jus de chaussette, mais on s'en fiche !

— Oui, Camille a totalement raison ! On ne vous a donc rien enseigné à ta première semaine de formation ? renchérit l'autre. Tu dois impérativement te fondre dans la masse caféinée ! Mais bon, je dis ça, mais, perso, je ne bois que du thé, déclara-t-elle en levant son gobelet dont dépassait un petit carton violet de pochette de thé.

— Un conseil, par contre, fuis le nian-nian qui te soulera avec son stress de la météo et du bébé qui ne fait pas ses nuits, OK !

— Ouais… quinze minutes, ça passe vite ! Rencarde-toi plus si Machin-Chose va quitter le poste que tu convoites, si untel….

— Et sinon d'où tu viens Audrey ? Tu travaillais où avant ? Tu as des enfants ? mitrailla la Nathalie Dupont d'une traite sans prendre ni le temps de respirer ni le temps d'attendre la réponse.

— … Bah… euh…

— Ça va, ne te sent pas obligée de répondre ! rassura Camille… Mais sinon ça se passe bien avec Burlais ?

— … Euh… je ne sais pas… aujourd'hui, c'est ma première journée et je ne l'ai pas encore rencontré… pourquoi ? Il est sympa ? interrogea la stagiaire en regrettant presque d'avoir posé la question au vu des regards un peu embarrassés que les deux s'échangeaient.

— Pff… de toute façon, tu t'en apercevras assez vite. Il a un rapport, disons… assez particulier avec les femmes…

— Du genre ?

— Du genre… à ne jamais te regarder dans le blanc des yeux lorsqu'il s'adresse à toi.

— Ouais… toujours à lorgner dans l'échancrure de ton corsage…

— Oh, ce genre-là, répondit la stagiaire dont l'intonation trahissait l'hésitation entre les remercier de l'avoir mise au parfum ou de partir en courant.

— Ah ! J'oubliais le plus juteux de l'histoire d'hier ! interrompit net la femme au sachet de thé.

— Quoi ? réclama Camille en manquant de renverser son café et de s'ébouillanter les mains.

— Devine un peu avec qui le bel Enrique roucoulait dans le parking hier lorsque ça s'est passé !

— Je la connais ?

— Oh que oui !

— Avec qui ? Elle bosse à quel étage ?

— … Judith ! triompha-t-elle.

— Non !

— Si… et à ce qu'il paraît, ils étaient même à deux doigts de conclure sur le capot d'une des voitures !

— Ah, bah ça alors ! Judith ? Je savais que j'aurais dû changer mon quart hier ! J'ai raté ça, mince, alors !

— Pff ! … Ça ne m'étonne pas d'elle ! Tu sais Camille, j'suis peut-être pas diplômée, mais je sais additionner un et un… Et il n'y a pas d'fumée sans feu comme on dit !

Dans la salle de pause, une douce musique d'ascenseur retentit.

— Fin de la pause ! Voyons si tu as bien retenu ta leçon la Miss ! À l'avenir, lorsque l'on te propose un café, que dois-tu répondre ?

— Euh… oui, merci, j'adore ça ! répondit la stagiaire qui jusque-là s'était contentée d'acquiescer par de simples hochements de tête en silence.

— Félicitations ! Je pense que ta phase d'intégration est bien partie ! conclut Camille alors que Judith venait juste d'entrer.

Nul n'était épargné de l'activité préférée des jacassières. Elles larguaient les déchets de leurs médisances comme des quartiers de viande que l'on jette aux fauves. De ce fait, pour la plupart des employés de Buzzeex Communication, prendre un café n'était qu'un prétexte dans un assortiment de chuchotements et de railleries. Dépendamment de l'inspiration du jour.

***

— Alors on a dit une mignardise choco-framboises, un grand café au lait ! Avec ou sans sucre le café au lait ?

— Euh, sans… répondit une dame aux cheveux blancs parfaitement mis en plis.

L'index tapotant ses fines lèvres son regard parcourrait la liste des menus détaillés écrite à la craie sur un immense tableau noir accroché sur le mur à l'arrière de la caisse.

— Vous désirez autre chose ? entonna gaiement la petite vendeuse en pianotant sur le clavier de la machine.

— Hum… vos œufs, ils sont frais de ce matin ?

— Tout à fait ! rétorqua l'autre d'un air de sous-entendre : « Tous frais sortis du frigo ! Vous avez vu un poulailler dans le coin, vous ? »

— Ce sont des œufs de poules pondeuses élevées en batterie ou en plein air ?

— Euh… bah… je ne sais pas trop… bredouilla la vendeuse en écarquillant les yeux et en haussant les épaules.

— Comment ça vous ne savez pas trop ! Vous savez ou vous ne savez pas ? Serait-il possible de vous informer auprès d'une de vos collègues dans ce cas ! Pauline, est-elle là ? C'est elle qui me sert d'habitude !

— C'est son jour de congé aujourd'hui…

— En congé ? Quelle idiotie d'être en congé un jeudi ! À mon époque, on travaillait cinquante heures par semaine et on s'estimait chanceux ! Les jeunes d'aujourd'hui ont toujours besoin de repos !… Quelle époque ! soupira la dame légèrement indignée alors que l'autre ne savait plus quoi dire.

– Bon, comme on n'est jamais mieux servi que par soi-même… apportez-moi un de vos œufs avec un verre d'eau légèrement salée !

– Un verre d'eau ?

– Oui. Un verre d'eau ! Vous voyez le récipient transparent qui vous permet de boire ? Eh bien, vous en prenez un, vous le remplissez d'eau, vous y ajoutez une pincée de sel et vous me l'apportez avec un œuf… Allez, allez mon petit, avant que la grande vague de clients arrive…

La fille disparut derrière un rideau de bambou et réapparut une vingtaine de secondes plus tard un verre d'eau et un œuf à la main qu'elle tendit à la vieille.

La dame prit l'œuf et le plongea délicatement dans le verre d'eau. L'œuf descendit au fond du verre puis remonta légèrement pour stagner au milieu.

– Hmm... c'est limite consommable ! Hmm… non, pas d'œufs ! … euh… et votre jambon ? On peut l'avoir sans couenne le jambon ? Le gras me donne des aigreurs d'estomac… et je déteste avoir des aigreurs d'estomac… d'ailleurs qui aime avoir des aigreurs d'estomac ! continua la dame, pendant que l'autre, les yeux encore scotchés sur le verre, essayait de comprendre la logique de l'audacieuse prestation.

– Notre jambon est sans couenne cuit à l'étouffée ! ne manqua-t-elle pas de préciser.

– Excellent ! Dans ce cas, je vais prendre un croque-madame au fromage de chèvre…

– Euh… Vous ne préférez pas un croque-monsieur, à la place, car…

– Jeune fille, dites aussi que je suis sénile ! Si j'étais complètement gaga, je crois que je le saurais, non ? Par contre, la finition au grill de mon croque-madame je la veux moins d'une minute, sinon c'est trop doré… Ah, et enlevez la croute du pain aussi, ce sera gentil…

— Et encore une cliente « casse bonbon », une ! Au moins les nôtres on ne voit pas leur face ! balança Camille à la tablée qui avait suivi la scène de loin…

— Le client est roi comme dirait l'autre ! dit Léa, les joues gonflées après avoir mordu dans son sandwich crudités-thon.

— Bah, pour moi le client n'est pas roi ! Il est limite, président de la République, et je le destitue, illico, de ses pouvoirs quand il dépasse les bornes ! affirma Camille.

— Oh, elle n'est pas si méchante. Pour elle, c'est un moyen comme un autre d'avoir quelqu'un à qui parler, de se sentir utile, défendit Cynthia en regardant Judith enfourner une bouchée de pizza végétarienne qui avait l'air savoureuse.

— Ouais, Mère Teresa, on comprend l'idée ! Mais si elle veut se sentir utile, il existe d'autres choses que de pourrir la vie de ceux qui bossent !

— Comme quoi par exemple ?

— Bah, j'sais pas moi, s'asseoir sur un banc et nourrir les pigeons ! proposa Camille, la bouche pleine.

— Bon, j'abdique ! Fin des prolongations ! J'ai déjà eu le même débat avec Francis hier soir ! capitula Cynthia, tout en sirotant son thé vert.

— Ouah, quel sujet de conversation romantique pour un anniv' de mariage ! se moqua Camille. Dire que je trouvais mes soirées de célibataires chiantes ! Chaque année pour leur anniversaire de mariage, ils se refont le même resto ! poursuivit-elle à l'attention des deux autres quelque peu gênées. Ils offrent deux repas pour le prix d'un ou c'est le dessert qui est gratuit ? piqua Camille en riant aux éclats. Je maintiens que ton Zamoureux pourrait au moins faire l'effort de t'offrir un cadeau en plus !

— Alors primo, le resto c'est ce soir ! Secondo, c'est une habitude qui nous convient à Francis et moi ! Et puis, moi aussi, je pourrais lui offrir quelque chose ! C'est dans les deux sens ! rétorqua Cynthia avec un sourire forcé proche de la grimace.

— Habitude ! Rien que l'expression me donne de l'urticaire ! Normalement, c'est au gars de tenir la comptabilité sentimentale ! Point barre ! pesta Camille, sur le point d'entamer son moelleux au chocolat.

— Tu n'aimerais pas ça toi, Camille, te marier ? Avoir les papillons dans le ventre ? demanda Léa.

— Non, peut-être dans une quinzaine d'années... mais un gosse, ouais, avant mes 40 ans ! Perso, quand je veux des papillons dans le ventre, je me tape une assiette de Farfalles !

Léa et Judith partirent à rire, sauf Cynthia qui ponctua :

— Bah, alors rendez-vous dans une quinzaine d'années pour comparer notre niveau d'urticaire !

— Les filles ! Devinez un peu à qui j'ai rendu une petite visite ce matin juste avant le boulot ! lança Judith avec enthousiasme pour apaiser les esprits.

— Enrique ! proposa Camille en brandissant un morceau du gâteau de la pointe de sa fourchette.

Judith souffla en haussant les épaules.

— Pff... N'importe quoi ! Alors là tu gèles carrément !

— Une... Une voy... une voyante !

— Perso, tout ce qui est voyante, astrologue, marabout, ce n'est vraiment pas mon truc ! Une vie sans mystères, c'est vachement moins excitant ! rétorqua Camille.

— Moi j'y crois ! Je trouve que cela fait partie des expériences à vivre au moins une fois dans sa vie ! Vous saviez, vous que le sel éloignait les mauvaises âmes ? informa Léa.

_...Ben, la voilà la solution pour arrondir tes fins de mois ! Ouvre un cabinet d'exorcisme ! Tu feras sensation !

— Euh, faut pas pousser là ! Alors Judith, ça s'est passé comment ? Que t'a-t-elle prédit ? Allez, vas-y, raconte, trépignait d'impatience Léa.

— Bon, alors au début, j'avoue ne pas avoir été super impressionnée, hein ! Elle m'a juste demandé mon prénom, mon âge, mon mois de naissance… soit elle baragouinait des choses qui n'avaient ni queue ni tête, soit elle se contentait de répéter des infos qu'elle m'avait déjà dites !

— Ouaw ! Et tout cela, pour la modique somme de ? ....

— … et Boom ! Voilà que la prédiction est tombée ! poursuivit Judith en choisissant d'ignorer dignement la remarque de Camille. Oh, les filles, je suis aux anges ! Tenez-vous bien ! Elle m'a dit que le prénom de l'homme de ma vie commençait par une voyelle et terminait en « ic ». Vous ne trouvez pas cela génial, non ?

— Bah, il n'y a pas de quoi se taper le cul par terre, admit Camille en raclant le fond de son ramequin.

— Eh bien, les filles, allumez, quoi ! Un prénom, qui commence par une voyelle et qui se termine par « ic » ! Aymeric. C'est évident !

— Je me sens reboostée à un point ! Le hic, par contre, c'est que chaque fois que je viens pour lui, j'ai l'impression d'être invisible…

— C'est sûr que ce n'est pas en squattant tous les midis ici, juste dans l'espoir de l'apercevoir une minute que tu feras avancer les choses, ajouta Léa, compatissante.

— Ouais ! Une demi-heure qu'on est ici et aucune ombre du mec ! Donne un bon coup de pied au destin ! Rencarde-toi sur ses horaires ! Essaie d'attirer son regard, prends des poses sensuelles, voyons, agis bordel ! Perso, j'ai un caractère cash ! Quel est l'intérêt de fantasmer sur un mec pendant des mois ! Surtout avec un si beau fessier ferme, renchérit Camille.

— Oh toi, bas les pattes, hein ! pesta Judith.

— Bah quoi, ce n'est pas parce qu'on ne passe pas commande qu'on n'apprécie pas le menu !

— Provoque ta chance, oui ! Mais bon, quand tu viens il est en plein service. Il ne va tout de même pas tout laisser en plan pour t'admirer ou flirter avec toi, semblait analyser Cynthia.

— Sincèrement les filles, je ne me vois pas l'accoster et lui glisser mon numéro sur un papier en mode « Hey, salut, appelle-moi ! J'aimerais beaucoup ça te revoir ! » C'est embêtant ! …

— Tiens ! En parlant d'embêtant… voilà l'autre qui refait des siennes !

Le quatuor reporta son attention au comptoir. La vieille dame était revenue se plaindre que son café au lait n'était pas sucré et exigeait qu'on lui refasse son croque-madame sans œuf.

— Dis, Judith ! Tu me files les coordonnées de ta voyante ! demanda Léa.

— Bien sûr ! Tu verras, elle est formidable ! Par contre, j'espère que tu n'es pas trop pressée, car moi j'ai poireauté trois mois pour mon rendez-vous !

Judith fouilla dans son portefeuille, sortit le carton glacé qu'elle remit à Léa.

— Oh ouiiii ! … Merciiiii ma belle ! … Mama Phara… OK, j'appellerai ce soir. Merciiiii… Oh ouiiii ! ....

— Alors, toi aussi, Léa, tu t'y mets ! Bah, bravo ! déplora Camille en enfilant son manteau. Signe que l'envolée du retour vers le plateau était arrivée.

— … Regardez-moi, ces deux fleurs bleues, accros à l'amour, « orgasmer » sur un bout de carton ! ....

— Bah… dans ce cas, félicitations Camille ! Tu viens d'assister à mon premier orgasme en direct !

— Arrête tes conneries ! lâchèrent en chœur les trois autres.

– Oui, j'assume, j'ai 26 ans et je n'ai jamais eu d'orgasme, déclara Léa sous l'œil amusé d'un couple occupant la table voisine.

Camille se rassit aussi sec sur la chaise.

– Non ! Tu me charries ! Toute la terre a déjà eu un orgasme !

– … durant les trois ans avec ton mec ? Pas une fois ? Tu as eu ton fils pourtant !

– Et alors Judith ! Où c'est écrit que passer par la case Orgasme était la condition sine qua non pour tomber enceinte ? En tous cas, tu ne sais pas ce que tu loupes ma belle ! …

– Euh, les filles, j'ai l'impression que tous les regards sont tournés vers nous là ! souffla Cynthia embarrassée en incitant le groupe à déserter la table.

– Tu verras, c'est magique ! C'est comme si tu explosais de l'intérieur ! Pareille que lors d'une sortie astrale ! confia Judith en souriant et en écartant les bras tel une danseuse étoile.

– Euh… T'en as déjà fait beaucoup des sorties astrales toi ? questionna Camille en se relevant et en se dirigeant vers la porte que Cynthia venait de franchir pour répondre au téléphone.

– Bah… euh… jamais… mais j'imagine que c'est tout comme, quoi ! …

– Pff… de vous, à moi, notre Cynthia ne doit pas en faire souvent des sorties astrales ! Le soir chez elle c'est plutôt calme ! …

« Allo… »

« Oui, allo, Pupuce, c'est moi… tu as oublié de me transférer les 50 balles pour l'essence ! »

« Ah, oui mince, c'est vrai, on en avait parlé pourtant. »

« Oui et ce serait bien que tu me les files maintenant. »

« Bah, là techniquement c'est impossible, ça ne peut pas attendre à ce soir ? Au retour, on ira à la station-service ensemble. »

« Non, tu n'as qu'à me faire un virement maintenant par ton appli bancaire ! »

« Bon, je t'envoie ça du bureau d'ici cinq minutes. »

« Super, Pupuce ! »

« J'ai hâte d'être à ce soir. »

« Ouais… bisous… »

« Bisous… »

* * *

En descendant du bus, il était hors de question qu'elle fut en retard. Non, certainement pas aujourd'hui. Cynthia avait hâte de savoir si elle réussirait à glisser dans cette robe, une taille en dessous de ses mensurations et symbole de tant de privations (le chocolat notamment).

Elle fit l'impasse sur l'« arrêt boîte aux lettres ». Ils ramasseraient le courrier en rentrant du resto.

Devant l'ascenseur, Germaine Dumoulin patientait déjà.

– Voyons ma beauté, ne tire pas autant sur ta laisse, tu vas m'arracher le bras ! lâcha gentiment la vieille dame au bichon frisé qui se mit bruyamment à japper lorsque Cynthia s'avança… c'est notre gentille petite voisine d'à côté.

– Bonsoir… Cynthia pressa le bouton de l'ascenseur machinalement.

– Oh, on en a encore pour un petit bout, ceux du cinquième sont revenus des courses, chargés comme des mulets.

Cynthia jeta un œil en direction des escaliers. Ces derniers étaient attaqués à grands coups de la serpillère de Dolorès Santiago. Pas d'échappatoire.

– Vous paraissez amincie, on dirait ! ....Vous n'êtes pas malade au moins !

– Oh, juste un ou deux kilos. Pure coquetterie féminine pour notre anniversaire de mariage, confia Cynthia, s'étonnant aussitôt de s'être abandonnée à la confidence.

– Et vous en êtes à combien d'années ?

– Trois ans !

– Trois ans… Mon Raymond et moi, Dieu ait son âme, nous avons emménagé ici, le lendemain de notre mariage le 12 juin 1971. L'immeuble finissait juste d'être construit. Quarante-neuf ans de location.

– Oh, alors cela fait de vous la doyenne de l'immeuble si je comprends bien !

– En effet ! Croyez-moi, j'en ai vu défiler du monde ici ! Oh, les vautours de l'office du logement me harcèlent pour échanger mon quatre pièces contre un plus petit ! Soi-disant qu'il y a un tas de familles en attente et qu'une seule chambre serait bien assez pour une dame seule de soixante-douze ans… Et si j'y tiens moi à mon 2C ! Pas moins de cinq cent soixante-seize chèques déposés chaque premier du mois à l'ouverture de la loge de la concierge. De quoi m'offrir un coquet pavillon en proche banlieue avec un jardinet à l'arrière. Alors, fichez-moi donc la paix, que je leur ai dit ! rapporta Germaine Dumoulin à Cynthia soulagée d'entendre le moteur de l'ascenseur entamer sa descente.

– Vous voulez des enfants ? continua l'autre sans respirer.

L'ascenseur arriva enfin.

– On y pense, on y pense.

– Oh, vous êtes encore toute jeune, vous avez le temps ! Quoique, ne tardez pas trop non plus… avec mon Raymond, Dieu ait son âme, on avait l'espoir d'en avoir deux ! Une fille et un garçon, le choix du roi comme on dit. On les aurait appelés Antoine et Antoinette en souvenir du film à la fin duquel on avait échangé notre premier baiser. Mais ça ne s'est pas fait ! Mon pauvre Raymond tirait à blanc, si je puis me permettre l'expression.

– Oh… Cynthia compatit et pensa égoïstement aux deux ans de tentatives infructueuses de son propre couple. Et si son Francis tirait à blanc lui aussi. Ils n'avaient pas poussé leur inquiétude jusqu'à passer les examens médicaux appropriés.

– Et puis le seigneur a rappelé à lui mon Raymond… une semaine après notre troisième anniversaire de mariage, tiens ! Me suis jamais remariée ! soupira la vieille dame.

Elle baissa son regard rempli de larmes sur le bichon.

– Ma petite Praline est ma troisième chienne… fort probable la dernière ! Pas un instant je pourrais imaginer la vie sans elle….

L'ouverture des portes délivra Cynthia du bavardage, dont la tournure mélodramatique l'embarrassa au point que ne sachant trop quoi répondre, elle conclut :

– Bonne soirée madame Dumoulin…

– À vous aussi… et surtout, bon anniversaire ! Moi j'attends plus que mon pauvre Raymond vienne me chercher ! Pendant qu'elle s'essuyait les pieds sur son paillasson en regardant Cynthia fermer sa porte.

***

– Bon, il est six heures, j'me casse ! lança Enrique sur un ton qu'il voulut agréable, mais qui trahissait une ardente irritation.

– Un billard chez Pierrot avec les gars, ça te branche ? proposa-t-il en attrapant sa veste au passage.

– Oh, toi et tes potes, toute une histoire !

— Ben quoi, Judith ! La plupart je les connais depuis l'école, alors !

— Alors ce n'est peut-être pas une raison de les traîner jusqu'à l'âge adulte !

— Peut-être, mais au moins des amis, j'en ai, moi !

— Ouah ! Une brochette de débiles déchargeant leur testostérone à coup de queue sur des boules ! Non merci ! railla la jeune femme.

— C'est toi qui vois, Miss ! C'est sûr, qu'il va t'en falloir des heures supp' pour financer ta collection de sex-toys ! Trouve-toi vite un mec, ma vieille ! Les vibromasseurs, ça ne tond pas la pelouse et ça ne sort pas les poubelles ! claironna-t-il dans le couloir.

Judith n'était plus gênée des remarques d'Enrique. Plus jeune, ses quatre frères aînés ne lui rendaient pas sa vie de fille unique de la famille facile non plus. Elle était très timide et jusqu'à ses dix-huit ans c'était sa mère qui lui disait comment s'habiller sous la haute juridiction de son père.

Elle avait échoué deux fois à l'examen de police. Elle s'était alors rabattue sur celui d'agent de sécurité.

Elle revoyait sa mère sur le quai de la gare près de Sainte-Marcelline, le regard rempli de larmes et l'air béatifié dans sa robe de velours noir. Couturière de formation, elle s'était usé les yeux à la confectionner le soir à la lueur lancinante de la lampe à pétrole du sous-sol. Elle disait la conserver pour les grandes occasions. Il y eut tout d'abord celle-ci, l'autre fut son enterrement, deux ans plus tard. Son père, menuisier, mais au-delà de tout partisan actif de la congrégation de l'église de la Sainte-Lumière, ne lésinait pas en matière d'autorité pour faire respecter ses principes religieux extrêmes au sein de sa famille. D'ailleurs, il n'avait pas pris la peine de se déplacer. Ne lui adressant plus la parole depuis le jour où elle lui avait annoncé son intention d'entrer dans la police. Après tout, cela lui avait été égal, l'essentiel étant de fuir cette prison. Partir et signer pour bosser ici, c'était quitter un univers de mecs pour en retrouver un autre. Fraîchement débarquée de son patelin, elle avait eu une liaison avec un homme. Sa première fois. Dès le début, il avait joué franc jeu. C'était et ne resterait que platonique.

« Cela tombe bien, je ne suis pas jalouse ! » avait-elle rétorqué aussi sec.

Tu parles ! Et quand elle avait enfin réalisé que pour lui, les femmes ne représentaient que de vulgaires kleenex et hop, la seconde d'après, à la poubelle ! Elle était déjà folle amoureuse.

Tout le long, elle avait naïvement espéré devenir un peu plus qu'une béquille sentimentale. Jusqu'au soir où par SMS il lui fit emprunter le chemin chaotique de « Plaquage ville ». Paraît-il qu'il n'y avait plus l'étincelle. Depuis, elle avait eu d'autres aventures, heureusement, mais n'arrivait pas à se détacher des souvenirs de celui-ci. Pas facile, puisqu'ils bossaient ensemble. Ainsi, la relation entre Enrique et elle était redevenue exclusivement professionnelle. Comme si tout ce qu'elle avait ressenti auparavant n'avait jamais existé. N'avait été qu'une illusion.

Face à la grande baie vitrée, Judith eut une petite grimace. Le genre que l'on fait après avoir avalé un truc acide. Elle regarda les dernières lumières des fenêtres de l'édifice de vingt-quatre étages d'en face s'éteindre une à une, comme le triste ballet des feux des lucioles qui meurent en plein vol. À l'heure qu'il était, la grande majorité de ses occupants était déjà partie et le reste, sur le point de le faire. La nuit qui tombait les acheminait vers des retrouvailles désirées. Les uns avaient rejoint femme et enfants ou se préparaient à affronter les transports en commun en direction d'un foyer où un être cher les attendait, les autres s'engouffraient dans le confort de leur voiture à la rencontre d'amis pour discuter, rire et prendre un verre dans un bar en écoutant du jazz.

Sa main frotta énergiquement ses paupières puis s'arrêta nette sur le doux duvet qui couronnait sa lèvre supérieure. Il faudrait qu'elle passe à la pharmacie s'acheter une boîte de bandes de cire froide à l'Aloe Vera. Elle distingua son reflet flouté dans l'opacité noire de la matière réfléchissante. Faire un effort pour essayer de modifier son look n'aurait pas été du luxe. Elle repensa aux conseils de Camille ce midi. Conseils virulents, certes, mais conseils à suivre si elle voulait parvenir à ses fins et séduire le bel Aymeric ! Demain, elle débarquerait un peu avant 21 h Chez Grand-Maman, en jeans taille basse moulant, en top stylé et en souliers à talons. Aymeric faisait toujours la fermeture le vendredi. L'idée la fit sourire, surtout qu'il lui faudrait d'ici là maîtriser l'art de marcher avec des talons. Son regard glissa et s'attarda sur une minuscule tache claire dans le ciel. Une étoile. Elle ferma les yeux et se fit la promesse de tout faire pour que la prédiction se réalise…

***

— Récapitulons ! Épilation rapide au rasoir sous la douche… OK ! Dessous sexy… OK ! Maquillage romantique et naturel, exactement comme il aime ! OK ! Chaussures nu-pieds à talons hauts… OK… non pas OK, pas OK, du tout ! Punaise ! Elle avait oublié de se faire les ongles des pieds !

L'air de rien, elle recula sa chaise pour s'apercevoir que ses deux pieds, gauche et droit, arboraient chacun un gros orteil à l'ongle court tapissé de vernis rose pâle et se rassura.

Et la touche finale, une arme de choix qui souligne son côté érotique et charnel : un parfum boisé… OK !

En tout cas, même si la robe lui comprimait la respiration, elle avait au moins réussi à la mettre.

Dans un peu moins d'un quart d'heure, il allait être 18 h 30. Francis et elle s'étaient entendus, qu'il la rejoindrait directement chez Giuliano après le boulot.

Un peu plus tôt, le serveur l'avait conduite à une table près d'une cheminée rustique en pierres naturelles. Elle avait préféré celle près de la grande vitrine. Elle aimait regarder les gens arpenter les rues. Tout comme lorsqu'elle prenait le bus. D'où lui venait cette manie ? Sa montre indiquait 18 h 42.

« Peut-être que Francis tenait à m'offrir un cadeau finalement ! » déduit-elle en souriant.

Un mois auparavant, il lui avait demandé ce qui lui ferait plaisir. Elle n'avait rien répondu. Elle se fichait pas mal du cadeau. Elle voulait juste qu'il se décarcasse pour elle. Comme elle le faisait pour lui. Jour après jour. Elle souhaitait simplement qu'il la surprenne, c'est tout.

Cynthia était plongée dans ses réflexions quand Francis la rejoignit.

— Ouf ! C'est la croix et la bannière pour dénicher une place dans le secteur à cette heure-ci. J'ai dû stationner à l'autre bout de la rue ! grogna-t-il en s'asseyant et en parcourant le menu sans la regarder.

— Cela nous permettra de prolonger notre petite marche en amoureux, déclara la jeune femme.

Elle espérait qu'il abaisserait l'écran de papier glacé blanc orné de rosaces dorées qui lui dissimulait le visage.

— Bon ! Puisque le menu à l'air passionnant, je vais m'y mettre aussi ! pesta-t-elle en étalant le livret sur la nappe.

De temps en temps, elle jeta un œil sur Francis toujours absorbé par sa lecture. Agacée, elle plia le menu et le claqua sur la table. Francis sursauta. Les occupants de la table d'à côté, également d'ailleurs.

— Tout va bien, Pupuce ?

— Bien sûr ! Pourquoi cela n'irait pas ? Aujourd'hui, c'est notre troisième anniversaire de mariage. On est censés passer une soirée romantique en tête à tête. Tu arrives, pas un mot… J'ai passé des heures à me pouponner pour toi, pas un regard… et là, on dirait que t'essaies d'apprendre le menu par cœur.

— Oh, excuse-moi vraiment… j'ai été maladroit… c'est juste que ça brasse au bureau ces temps-ci… Mais, bon, laissons les petits soucis de boulot au vestiaire ! reconnut-il en secouant la tête et en lui prenant la main. Tu es sublime.

— D'habitude, on rigole devant un bon verre de vin blanc et un plat de Fettuccine aux langoustines, et là tu m'ignores presque… poursuivit Cynthia, les larmes aux yeux.

— Êtes-vous prêts à commander ? Désirez-vous voir la carte des vins ? Notre sommelier pourra vous conseiller avec plaisir ! proposa le serveur en souriant. Cynthia était si bouleversée qu'elle ne l'avait pas entendu s'approcher de leur table.

— Non, merci… hmmm… juste un coca pour moi, s'il vous plaît.

— Alors comme variété de coca, nous vous proposons du Coca sans sucre, du décaféiné, parfum Cherry ou Lemon, énuméra l'homme, un sourire greffé sur les lèvres.

— Je vous prendrai un coca tout ce qu'il y a de normal sans glaçon !

Cynthia n'en croyait pas ses oreilles. Son cœur battit soudain si fort qu'elle aurait voulu hurler sa profonde déception.

— Et pour toi, Pupuce ? Que désires-tu boire ? demanda Francis d'un air naturel s'étonnant presque de la mine désabusée de sa conjointe. Pupuce ?

— Un verre d'eau, parvint à souffler Cynthia dont la gorge se serrait de plus en plus.

— Alors comme variété d'eau, nous…

— Simplement de l'eau du robinet ça ira ! interrompit-elle en sentant un début de migraine lui comprimer le cerveau.

— Ce soir, en entrée, nous avons….

— Je ne sais pas pour toi Pupuce, mais je n'ai pas très faim en fait ! Que dirais-tu si on attaquait directement par le plat de résistance ! Hein… allez, apportez-nous deux assiettes de vos délicieuses Fettuccine aux langoustines, s'il vous plaît !

Cette fois, ce fut Francis qui interrompit le serveur.

Le souper se déroula en silence. Clairement, Francis avait la tête ailleurs. Peut-être le stress de son travail, pensa Cynthia. Il rouspétait pour un rien. Que les Fettuccine étaient trop cuites. Le coca n'avait pas de bulles. Jamais ils n'avaient mangé aussi rapidement.

Elle l'avait même surpris à scruter le fond de son verre de coca pendant qu'elle lui racontait, pour détendre l'atmosphère, la dernière frasque de Léa ce midi.

– Comme dessert, je me laisserai bien tenter par une part de tarte Tatin aux pommes caramélisées et sa boule de glace à la vanille. On pourrait se la partager, ce serait mignon !

– Ce n'est pas un peu too much après les pâtes ? Toi-même, tu me sermonnes dès que j'ai le malheur de me servir un deuxième mini-yogourt au choco ! En plus, faut bien qu'on épuise le filet de clémentines, non ? Allez, je demande l'addition, conclut-il en faisant signe de la main au serveur en agitant sa carte bancaire.

Le serveur réapparut, un petit étui en velours rouge contenant l'addition dans une main et un boitier de paiement par carte bancaire mobile dans l'autre.

– Eh bien ! Vos langoustines ne sont pas données, hein ! J'en ai compté à peine trois dans mon assiette !

Cynthia sentit qu'elle aurait souhaité être n'importe où sur la planète sauf assise dans ce restaurant.

– Nos langoustines viennent directement d'Écosse, monsieur, répondit le serveur impassible avec son éternel sourire que seul un pied-de-biche aurait pu enlever.

– Ben, à ce prix-là j'espère qu'elles ont chacune leur siège en classe affaires ! rajouta Francis en glissant sa carte de crédit dans l'appareil. L'écran flasha « *Paiement refusé* ». Il recommença sans omettre de grommeler quelques noms d'oiseaux au passage. Deuxième tentative. À nouveau : « *Paiement refusé* ».

Cynthia dépitée et poussée par la brûlante détermination de mettre un terme à ce calvaire qu'il lui imposait sortit sa carte de son sac et procéda au paiement.

Le serveur la remercia, tira la chaise pour faciliter sa levée et l'aida même à enfiler son manteau.

— Tu vois la manière dont le serveur s'est comporté après mon petit coup de gueule ! Le client est roi, Pupuce ! fanfaronna Francis d'un air suffisant qu'elle ne lui connaissait pas.

« Disons que la lecture du généreux pourboire que je lui ai laissé en compensation de ton attitude exécrable y est pour quelque chose », pensa Cynthia en sortant à son tour du restaurant.

— Par pitié, rends-moi un service ! Tais-toi ! lui balança-t-elle à la place.

— Oh, là, là… Pas la peine d'être aussi grognon !

Évidemment, le chemin jusqu'à la voiture ne se fit pas main dans la main. Et le souper se prolongea à l'appartement par une soupe à la grimace jusque tard dans la nuit. Et Cynthia s'endormit le cœur lourd.

La pendulette rétro rouge sur la table de chevet indiquait une heure vingt-sept. Un rayon de lune mourant pénétrait la pièce à travers la vitre. Elle savait qu'elle ne parviendrait pas à se rendormir. Elle avait encore sous les yeux la scène du souper de la veille qui s'était avéré un véritable fiasco. Sous le coup de la colère, elle s'était même surprise à penser mettre fin à son mariage. Puis elle s'était ressaisie. Cynthia devinait la lueur métallique de son alliance dans l'obscurité.

Il y a quatre ans, alors qu'ils fumaient une cigarette à la sortie du Giuliano, il a simplement déclaré : « On devrait se marier. » Sans réfléchir, elle a répondu : « OK ! » Avec ni salle, ni robe, ni traiteur, ni argent, ils avaient vite convenu d'une cérémonie très simple avec leurs parents et les amis les plus proches. « Le plus important c'est qu'on s'aime ! » avait-elle répondu à sa maman qui lui avait conseillé de ne pas précipiter la chose. Leur voyage de noces devait se faire l'année suivante. Quinze jours à l'île Maurice. Deux ans plus tard, toujours rien.

À ses côtés, Francis dormait paisiblement. Il faisait froid. Cynthia regretta un instant de ne pas avoir enfilé un vêtement chaud pour dormir. Elle grelottait. Naturellement poussée hors du lit par une envie de se désaltérer, elle enroula une des couvertures autour de son corps et ses pieds prirent lourdement le contact avec le plancher. Il était froid lui aussi. L'obscurité agonisait doucement dans le petit corridor. Le mur d'en face esquissait maladroitement son ombre flageolante. À pas feutrés, elle avança en tâtonnant la fine cloison. Elle appuya sur l'interrupteur. L'intensité de la lumière éclaboussant la salle de bain lui picota les yeux et la fit grimacer. Elle remarqua tout de suite les deux grosses poches mauves et ses paupières enflées pour avoir beaucoup pleuré. Demain matin, il faudrait un miracle pour que son stick cache-cernes en vienne à bout, pensa-t-elle en regardant les gouttes tomber du robinet dans un petit cliquetis.

Elle ouvrit la porte du meuble-lavabo et en sortit un tube de somnifères. Il en restait trois. Les comprimés reposant dans sa main, Cynthia consultait la posologie sur l'étiquette pour savoir combien elle pouvait en prendre sans danger. Ne trouvant pas l'information, elle rangea le flacon à sa place, serra fortement le robinet et retourna se coucher.

Accueillie par les ronflements légers de Francis, elle eut un flash :

Pourquoi sa carte de crédit n'avait-elle pas été acceptée ? Et s'il avait recommencé ces conneries ?

La tête à nouveau enfouie sous la couverture, elle se rappela aussi qu'elle avait oublié de boire…

3

— Toujours aussi matinal Alfonso ? envoya Enrique à l'agent d'entretien qui venait de passer son badge magnétique sur l'écran de contrôle d'accès de la bâtisse.

— Ben comme d'hab', j'viens pas enfiler des perles… ma tournée de nettoyage commence à cinq heures dix…

— Il est passé où ton coéquipier, Ronald ?

— Pas Ronald. Rénald ! Trois semaines que l'autre salaud est en arrêt d'accident de travail ! C'est bien ma veine ! bougonna l'homme en jaugeant l'état du sol et donc la besogne qui l'attendait.

— Oh, et c'est grave pour te mettre en rogne comme ça ?

— Entorse lombaire qu'il dit ! Mais manque de pot, je l'ai vu avant hier sortir de gros sacs de ciment de sa camionnette ! Il les entube et vit sa vie aux frais de la princesse ! Et moi pendant ce temps je me coltine tout le taf ! Mériterait que je le dénonce, tiens ! ragea l'homme.

— T'en fais pas ! Tout finit par se savoir ! J'étais toi, j'insisterai pour que la direction m'envoie quelqu'un, conseilla Enrique en levant les yeux comme pour apprécier l'immensité du lieu.

— Ouais, t'as peut-être raison ! Au fait, j'ai entendu dire que t'avais vu la femme de Lamarque s'envoyer en l'air dans le parking avec le chauffeur, c'est vrai ?

— Quoi ! Mais pas du tout ! Où es-tu allé pêcher ça ? s'insurgea Enrique en bondissant de son siège.

– Attends, je reviens… je vais déposer mes affaires… préparer mon matos, répondit l'homme en fouillant dans ses poches.

– Non, dis-moi-le tout de suite !

– Hey ! Relaxe, y a pas le feu au lac ! Puisque je t'ai dit que je revenais. De toute façon, j'ai la tête dans le cul tant que je n'ai pas pris mon premier café, alors ! précisa-t-il en sortant un trousseau de clés et en s'éloignant dans le corridor.

– Tiens ! proposa Enrique en déposant un gobelet de café fumant sur le comptoir de son bureau à l'attention d'Alfonso qui était réapparu vêtu d'une blouse grise et de son attirail de nettoyage.

– Oh merci, fallait pas ! sourit l'homme à la cinquantaine naissante en s'emparant du contenant.

– Bon, alors ? trépignait Enrique.

– Donne-moi au moins le temps d'avaler deux, trois gorgées pour m'éclaircir l'esprit ! Je le sens embrumé, là !

Enrique prit une profonde respiration et se rassit dans son fauteuil.

– Allez vite avant que tout le monde arrive !

– Pff ! Tu rigoles ! Quelqu'un, ici, à cinq heures du mat' ! Le grand va-et-vient de ces messieurs-dames ne démarre pas avant sept heures trente. Avant ça, y a que nous, les petites gens et ma serpillère !

Enrique fronça les sourcils à l'idée qu'il le catalogua dans la caste des « petites gens », mais préféra garder le silence, afin de ne point l'offusquer et prendre le risque qu'il taise l'information.

– Ahhh, rien de mieux qu'un bon café pour démarrer la journée comme dirait mon vieux ! Alors, hier la patronne du Balisier qui m'appelle… tu sais l'institut de beauté du dixième !

– Ouais, je vois ouais…

— … comme quoi le bain à remous ne fonctionne pas, et bla, bla bla… J'me pointe avec mes outils, parce qu'en plus du ménage, faut savoir que le Alfonso Suarez il s'occupe aussi des petites réparations ! Oui monsieur ! souligna-t-il à Enrique qui bouillait d'impatience.

— Bref… parlons peu, parlons bien ! .... Je lui dis que c'est sûrement un problème de pompe. Elle me demande de la changer sur-le-champ. Je lui réponds que je n'ai pas ce genre de pièces dans mon local et qu'il vaudrait mieux faire venir un plombier. Là, il y a les deux blondes qui rappliquent. Les inséparables, que je les surnomme ! Tu vois qui c'est ?

— Ouais ! Vanessa et Julie…

— Peut-être bien ! Bref, elle me balance que je ne lui sers à rien, qu'il vaudrait mieux que je sorte, car je fais tache dans le décor et que ça risque de faire fuir sa clientèle. Les inséparables qui en rajoutent une couche comme quoi l'autre bellâtre leur avait déjà fait perdre l'épouse de Lamarque, l'une de leurs meilleures clientes en colportant sur elle n'importe quoi ! Comme si une femme de son rang allait s'envoyer en l'air avec son chauffeur dans le parking du travail de son mari !

— De vraies emmerdeuses, celles-là ! En plus, ce ne sont même pas de vraies blondes !

— Ah oui ? Et comment le sais-tu ?

— Je le sais, c'est tout ! Moi, ce que j'vois, c'est qu'il y en a qui se la coule douce pendant que d'autres comme nous bossent ! intervint Enrique.

— Tu l'as dit ! Perso, la seule qui a toute mon estime c'est Ellen, la secrétaire de Lamarque justement ! « Tu travailles encore tard, ce soir ? » Je ne compte plus les fois que je lui ai lancé cette phrase en vidant sa corbeille.

— Oh, oui Ellen ! C'est une idée, tiens !

— De quoi tu parles ?

– Euh, rien… rien du tout, tu disais qu'elle travaillait tard tous les soirs ?

– Ouais, le Lamarque et sa folie des grandeurs ! Il se prend pour un PDG ! S'il pouvait la retenir au bureau les fins de semaine, il le ferait en dansant.

– Bon, c'est bien beau tout ça, mais le sol, il ne va pas se nettoyer tout seul !

Alfonso se leva et sauça une large serpillère attachée à un long manche en bois dans le liquide blanchâtre que contenait un seau à roulettes en plastique orange.

_ Putain ! Regarde-moi ce chantier ! Des traces à n'en plus finir ! Comme s'ils ne pouvaient pas s'essuyer leurs pieds ! De toute manière, ils s'en foutent ! C'est pas à eux d'nettoyer. Putain ! Y en a marre ! râla l'homme en dessinant de grands cercles autour de lui.

Les empreintes de semelles de chaussures souillées disparaissaient instantanément au passage du boudin humide et à un moment il stoppa net au pied du comptoir.

– Euh, ça te dérangerait Enrique d'pousser tes pieds, s'te plaît ! À moins que tu ne veuilles que tes godasses prennent un p'tit coup de détergent ! jappa-t-il ironiquement au jeune homme qui avait l'air pensif.

– Eh ! Fais attention ! s'exclama-t-il en ayant juste le réflexe de les écarter à temps en pivotant sur lui-même.

– Oh, toi mon gars, tu as l'air de préparer un coup ou je m'y connais pas ! enchaîna-t-il en poussant frénétiquement le seau devant lui.

Enrique lui sourit en le regardant presser le long torchon contre la grosse cuvette parsemée de trous. Des jets d'eau souillée se vidangèrent en flots tempétueux dans le seau « Splash ! » Satisfait de cette première récolte, Alfonso s'octroya une petite pause en s'accoudant au comptoir à la manière d'un cowboy au zinc d'un saloon attendant son whisky.

— Alors ! À quoi tu gamberges ?..

— Rien de bien particulier ! Bon, je vais faire ma ronde d'avant le rush ! Bon courage Alfonso ! lança Enrique au gars qui mima un vague salut militaire avant de reprendre sa sale besogne en sifflotant cette fois-ci.

« Coûte que coûte, il faut que je parle à Ellen. Je risque d'avoir de gros ennuis avec leurs conneries de ragots à la con ! Voilà à quoi je pense, cher Alfonso ! » se disait Enrique en lui-même en arpentant les couloirs. « Et je pense aussi que tu m'as niqué mes Haix Protector, du con ! »

***

— Bonjour monsieur Lamarque ! J'étais justement sur le point de la mettre en route. Vous en prendrez une tasse ? proposa Ellen en ajustant le filtre sous le battant du couvercle de la cafetière.

Elle était partagée entre l'envie de revenir sur l'incident de la veille, pour tenter d'arracher au passage la faveur d'une petite confidence qui apaiserait sa curiosité et le désir de ne pas s'en mêler.

— Hm… plus tard, peut-être ! se contenta-t-il de répondre en entrant dans la pièce sans la saluer. Il ramassa au passage sur le haut-parleur du téléphone la pile de petites feuilles de papier autoadhésives bleues, jaunes et roses sur lesquelles étaient stockés des messages à son attention. Ces couleurs vives étaient une sorte de code entre eux. Le papier bleu signifiait « Bof ! Peut attendre ! ». Le jaune « Urgent, mais pas trop ! » et enfin le rose « Quoi ! Ce n'est pas déjà fait ? »

Le voyant s'alluma. Elle vérifia le degré de chaleur du réchaud, y déposa la carafe en acier inoxydable et lança la programmation après une énième lecture du mode d'emploi. Un mois, qu'elle se battait avec les différents réglages de cette cafetière qu'il avait commandée une vraie fortune. Ce combat quotidien de l'homme, ou plutôt de la femme, contre la machine la faisait tourner en bourrique. Enfin, l'appareil entama silencieusement son procédé de torréfaction, sous son regard perdu. Ellen sentait son cœur se serrer. Peut-être était-il retourné en larmes lui jurer qu'il regrettait, lui promettant qu'il ne recommencerait plus. Aurait même eu le toupet de dire qu'il lui avait toujours été fidèle. L'autre éperdument éprise aura, pour la énième fois, tout pardonné.

Elle se souvint précisément d'un soir où elle était repassée au bureau pour récupérer une ou deux choses. Croyant entendre du bruit, elle avait cogné à sa porte, mais était entrée directement. Grosse erreur. Il avait la chemise froissée, la ceinture à moitié détachée et il y avait une femme assise sur son bureau, dos à elle. Elle eut juste le réflexe de repousser la porte illico presto. Jusqu'à présent, elle ne pense pas qu'ils se fussent rendu compte de sa présence.

— Savez-vous que ce n'est pas en ayant les yeux scotchés sur cet appareil que le café se fera plus vite ? la taquina-t-il, le nez baissé sur les notes bariolées.

Elle sursauta et l'observa du coin de l'œil se diriger vers son bureau dans un froissement de manteau.

— Oh ! Monsieur Hamel a déjà appelé deux fois ce matin. La première fois, j'avais encore ma parka sur le dos ! Apparemment, cela avait l'air urgent ! Je lui ai dit que vous le rappelleriez dès votre arrivée ! dit-elle en versant un peu du liquide fumant dans une grosse tasse violette décorée de minuscules papillons orange et verts qui voletaient autour d'une énorme fleur de tournesol.

— Comment faites-vous pour avaler votre café dans cette tasse affreuse ! Vous pourriez vous en dégoter une, ayant plus d'allure que cette horreur-là !

Elle y plongea un carré de sucre roux et ajouta sur un ton neutre, mais qui trahissait un vif agacement :

— Euh ! Il n'a pas précisé la raison de l'urgence !

— Pas grave, je la devine !

Elle se garda de rétorquer et avala de petites gorgées.

Xavier Lamarque fit volte-face, cala son grand parapluie noir sous son bras et improvisa :

— Au fait, êtes-vous parvenue à rentabiliser votre après-midi de congé en dénichant le fameux cadeau d'anniversaire de votre neveu ?

— Euh, oui ! Devils Demon II ! C'était la folie hier dans les magasins ! À croire que tous les parents du monde entier veulent l'offrir à leur gamin !

— Tant mieux ! Pour la préparation de la réunion trimestrielle au siège social, j'aurais besoin d'une analyse comparative des statistiques des ventes des cinq dernières années…

Ellen griffonna la demande sur un post-it bleu.

— … il me les faudra pour ce soir ! précisa l'homme en la fixant.

— Ce soir ? Mais…. Ah quoi bon ! La réunion n'aura lieu que dans trois semaines. Réunir l'ensemble des informations me demandera un temps fou et…

— Ellen, voyons ! Pas vous ! Ne me faites pas croire qu'il vous est impossible de travailler tard le soir ! Et où iriez-vous de toute manière ? Votre vie sociale est si pauvre que les seules notifications que vous recevez sur votre téléphone sont celles de la météo ! Oh, à moins que dans l'après-midi d'hier vous en ayez profité pour adopter un chien ou… un fiancé !

Ellen baissa le regard et se pinça les lèvres. Il savait pertinemment qu'elle était célibataire et triste de l'être. Ses commentaires avaient depuis longtemps dépassé la sphère professionnelle pour se transformer en petites piques mesquines plantées çà et là. « Vous aimez bien vous habiller en noir et en gris, vous… Ça ne vous fait rien, d'avoir l'air d'une crotte ? » lui avait-il lancé la semaine dernière encore.

– Vous les aurez ce soir sur votre bureau ! répondit-elle en tentant de camoufler un léger sanglot dans sa voix.

– Ah oui, j'attends un appel important de Maître Brissois. Basculez-le-moi dans mon bureau dès que vous l'aurez en ligne ! En attendant, je ne veux être dérangé sous aucun prétexte ! M'avez-vous bien compris ? embraya-t-il avant de disparaître dans son bureau.

– Oui monsieur Lamarque…

Ça y est ! Elle lui avait donc bel et bien exigé de mettre les voiles ! se réjouissait-elle en elle-même à l'écoute du nom de l'éminent avocat spécialisé en droit de la famille et procédure de divorce.

La porte du vestibule s'écarta brusquement comme sous la pression d'un violent coup de pied.

– Cette fois, ne me dites pas qu'il n'est pas encore arrivé ! vociféra un homme, le visage rouge de colère. J'ai reconnu sa voiture sur le stationnement !

Ellen lâcha précipitamment le combiné sans prendre le temps de bien le raccrocher et emboita le pas au forcené qui était déjà dressé tel un guerrier devant son patron.

– Alors, Lamarque ! lança-t-il sans ménagement en le fusillant du regard les bras raidis le long du corps et les poings serrés.

– Monsieur Lamarque… je… bafouilla Ellen haletante et quelque peu désœuvrée.

– Laissez Ellen ! Je m'en occupe ! dit-il en lui faisant signe de la main de fermer la porte.

– Ah, cela ne se passera pas comme ça Lamarque ! Comment avez-vous osé me faire un coup pareil après toutes ces années de sacrifices ? Mitrailla le fou furieux d'une traite sans respirer, le front perlant de sueur.

— Calmez-vous, Alain ! Vous frôlez l'arrêt cardiaque là ! Vous imaginez l'équipe de premiers secours débarquer dans l'immeuble et assiégée mon bureau ! Han ! Han ! Cela ferait désordre et le monde croira que je suis méchant avec le personnel ! J'occupe ce fauteuil pour m'assurer de l'évolution croissante du chiffre d'affaires et non décroissante ! Vos états d'âme ne m'importent guère ! N'en faites pas une affaire personnelle, c'est juste une question de mathématiques ! Vous êtes 14,52 % en dessous du seuil de rentabilité exigé par la compagnie ! Un simple stagiaire est plus performant !

— Non ! Non ! Attendez, s'il vous plaît…

— Bon sang ! Stoppez vos jérémiades, Hamel ! rajouta-t-il comme pour clore la conversation.

— Des jérémiades, vous dites ! Ma femme vient d'être emportée par le cancer… j'ai des dettes par-dessus la tête… deux jeunes enfants qui n'ont rien demandé et qui…

— Mais, je ne vous ai rien demandé non plus ! Si vous ne vous sentiez pas à la hauteur, vous auriez dû prendre un congé sans solde et nous vous aurions facilement remplacé par du sang neuf ! Buzzeex Communication a besoin de battants, de warriors ! Pas de looser ! Vous avez merdé ! Alors, assumez mon vieux !

— Monsieur Lamarque, je vous en supplie, donnez-moi une chance de vous démontrer que je suis un battant moi aussi ! Je peux me reprendre ! Ne me licenciez pas ! Ce travail c'est toute ma vie ! Ayez pitié d'un veuf dévasté, implora l'homme, les yeux noyés de larmes.

— Les affaires sont les affaires, je regrette ! Et puis la décision ne vient pas de moi ! On me demande d'élaguer, alors j'élague ! Chantal vous attend pour la paperasse administrative. Sur ce Hamel, vous comprendrez que je ne vous raccompagne pas ! conclut-il d'une voix ferme en reportant son attention sur la pile de dossiers étalés devant lui.

L'homme se leva au ralenti, le visage tout à coup crispé. Comme balancé entre la dévorante envie de marteler sa face de sa rage et la profonde détermination à se venger. Puis, quitta subitement la pièce, les poings fermés. Et en passant comme une flèche devant l'ordinateur d'Ellen, cette dernière secoua la tête d'un air navré en se disant que son patron venait de rallonger sa liste d'ennemis d'un nom de plus.

– Monsieur… annonça-t-elle dans le combiné dès que l'autre eut franchi la porte.

– Quoi ! répliqua l'homme sèchement encore sous le feu de l'irritabilité.

– Maître Brissois sur la deuxième ligne…

***

– Oh, l'une de mes ex s'appelait Valérie ! C'est un prénom tout à fait délicieux que vous avez là, si vous me permettez le compliment, baratina la voix à l'autre bout.

– Comme je disais donc, monsieur Benoît Lacasse, je vous appelle parce que nous voulions vous faire bénéficier d'une offre exceptionnelle !…

– Ah oui ! Vous êtes où là en ce moment ?

– Euh… Au travail…

– Oui, je veux dire géographiquement parlant. Vos bureaux sont situés dans quel coin, au centre-ville ?

– 742 boulevard de Grandmaison Ouest, répondit Cynthia machinalement.

Il y eut une quinzaine de secondes de silence.

– Je viens d'entrer l'adresse dans Google Map ! Quelle coïncidence ! Mercredi prochain, je serai dans ce coin pour mon travail. Serait-il grossier de vous inviter à prendre un verre ?

— Ce ne sera possible, monsieur Lacasse…

— Oh, juste Benoît ça ira ! Et sinon vous êtes plutôt comment ? Blonde, brune, rousse ?

Cynthia raccrocha et activa la petite coche noire dans la case de monsieur Benoît Lacasse, illustrateur. Numéro à enlever de l'annuaire informatisé.

Elle glissa le curseur sur le nom suivant. Monsieur Kevin Viaut, mécanicien.

— Allo !?

— Bonjour, monsieur Kevin Viaut, je m'appelle Valérie Dupont de la compagnie Buzzeex Communication et je vous appelle parce que j'ai une offre exceptionnelle à vous faire !

L'abonné raccrocha…

« Chaque NON encaissé te rapproche d'un OUI ! C'est juste une question de statistiques ! » s'encouragea-t-elle intérieurement. Elle prit une profonde respiration et passa à la ligne suivante.

— Allo !?

— Bonjour madame Edwige Thomas, je m'appelle Valérie Dupont de la compagnie Buzzeex Communication et je vous appelle parce que j'ai une offre exceptionnelle à vous faire !

— Je vous écoute…

— Vous avez téléchargé récemment la brochure gratuite *L'Aperçu d'aujourd'hui*, sur notre site internet, et cette semaine, je peux vous….

— … mais j'avais juste téléchargé par curiosité, c'est tout !

— … et cette même curiosité vous mènera à bénéficier de l'une de nos offres les plus populaires, vous savez…

— … oui merci, mais l'abonnement annuel s'élève à 229,75 $, c'est trop cher pour moi, je ne peux pas me permettre une telle dépense.

– Je comprends que vous ne disposiez pas de cet argent. Néanmoins, cet abonnement vous plaît, n'est-ce pas ?

– Oui, c'est vrai…

– Nous sommes donc d'accord que ce que vous remettez en question ce n'est pas l'abonnement, c'est le prix ?

– Absolument !

– Alors, si vous optez pour la version numérique plutôt que la version papier vous économisez déjà 4,25 dollars par mois ! Si on étale les coûts par paiements mensuels en souscrivant un abonnement de 24 mois au lieu d'un an, cela vous permet d'économiser 3,75 $ par mois. En additionnant ces deux offres, on passe à seulement 11,15 $ par mois. 11,15 $ par mois serait une dépense plus raisonnable pour vous, madame Edwige Thomas ?

– C'est sûr que 11,15 $ me conviendrait mieux !

– Parfait, alors j'ai l'immense plaisir de vous annoncer que vous faites partie de notre liste d'abonnés pour la simple somme de 11,15 $ par mois en souscrivant l'abonnement de 24 mois ! Je vous établis le bon de commande ?

– À ce prix-là, dans ce cas oui.

– Les informations que vous avez enregistrées lors du téléchargement sont-elles toujours exactes ?

– Oui, elles sont exactes… oui…

– Parfait ! Vous recevrez d'ici une heure un lien de confirmation. Il vous suffira de cliquer sur, *accepter,* afin de valider votre commande.

– Merci, cela me semble assez simple…

– Votre satisfaction est notre priorité absolue, madame Edwige Thomas !

– Bonne journée !

– Bonne journée madame Edwige Thomas !

Yessss ! Finalement, le onzième appel fut le bon ! pensa Cynthia en raccrochant. Elle compléta rapidement la commande et réalisa que dans une minute ce serait la pause. Boostée par l'euphorie, elle appela le potentiel client de la ligne suivante.

On décrocha au bout de la cinquième sonnerie. Mais l'interlocuteur demeura silencieux.

– …

– Bonjour monsieur Jonathan Toussaint, je m'appelle Valérie Dupont de la compagnie Buzzeex Communication et je vous appelle parce que j'ai une offre exceptionnelle à vous faire !

– Ah…

Il y eut un gros soupir.

– Savez-vous que je peux vous faire économiser jusqu'à huit dollars par mois ?

Il y eut un deuxième gros soupir.

– …

– Monsieur Jonathan Toussaint ? Est-ce que vous m'entendez ? Allo !

– … Oui… bof… de toutes les façons, je n'en vois pas l'utilité…

– Cela vous fera une belle économie d'argent !

– Pff ! … L'argent ! Il y a plus que ça qui compte de nos jours… Je n'en ai pas d'argent, moi ! Et je suis sûr que c'est pour aller se taper un connard fortuné, qu'Éloïse m'a largué, je suis sûr. Je l'aimais moi ! Vous comprenez ?

Il y eut une longue série de gros soupirs à l'autre bout du combiné, suivis de sanglots.

– Euh… elle reviendra certainement…

– Non, elle me l'a dit que tout était fini ! ....Elle ne m'aime plus…

— Monsieur Jonathan Toussaint, j'entends votre désarroi… Ce qu'il vous faut c'est sortir, voir des amis…

— … parlons-en d'amis ! Depuis que j'ai touché le fond, c'est silence radio.

— Bon, monsieur Jonathan Toussaint, je vais vous recontacter d'ici une semaine ou deux. Bonne journée !

Il y eut à nouveau de longs soupirs.

— … c'est ça, à dans deux semaines alors…

Cynthia raccrocha, désarmée par la tristesse de l'échange. Comment aurait-elle su trouver les mots réconfortants ? L'appel contrôlé ne pouvait excéder deux minutes. Ici, ta rentabilité passe devant ton humanité. Comment aurait-elle pu alléger la peine de cet inconnu alors qu'elle-même était écrasée par son propre chagrin ?

* * *

— Lamarque doit avoir les boules, non ? Tout l'immeuble est au courant ! J'ai croisé Ellen ce matin et quand j'ai voulu lui parler, elle m'a complètement ignoré ! Elle doit penser que la fuite vient de moi, alors que c'est toi, non ? Tu es la seule à qui j'en ai parlé !

— Excuse-moi Enrique, mais depuis quand les agents de sécurité viennent déjeuner ici ? Tu ne risques pas de te faire tirer les bretelles ? répliqua illico Émilie faisant mine de ne pas avoir relevé ses précédents propos.

Elle déposa sa canette de thé Kombucha sur son plateau puis ses deux grands yeux noisette plantés dans ceux d'Enrique, elle attendait une réponse.

— T'inquiète ! J'suis en pause et il fallait que je te parle, souffla-t-il en accentuant son air sérieux.

— Me parler de quoi ? Moi je n'en ai parlé à personne ! affirma la jeune femme en le contournant, son plateau chargé dans les mains.

— T'en es vraiment sûre ? Allez, ne pars pas si vite ! Elle est où l'urgence ? réagit Enrique, en posant sa main sur la sienne et en lui dégainant un sourire dont lui seul avait le secret.

— Carine a décalé son horaire. Elle commence plus tôt désormais. Il me reste juste vingt-cinq minutes pour me taper ma collation… en paix ! Alors si tu permets…

Enrique pivota sur le côté avec la grâce d'un torero esquivant un taureau. La femme fila vers les occupantes d'une table qui lui faisaient signe de les rejoindre, laissant ainsi le beau mâle dominant sur sa faim.

— Eh bien, votre majesté ! Votre chevalier servant vous escorte jusqu'à la cafétéria maintenant ! se moqua Camille en secouant un petit sachet de vinaigrette balsamique.

— Arrête, j'suis morte de rire ! Il m'accuse d'avoir balancé l'histoire de Lamarque…

— Perso, je serai incapable de vous donner le nom de la personne qui m'en a parlé en premier ! Peut-être, les filles des RH, souffla Léa, songeuse.

— Mais non, rappelle-toi ! C'est moi qui te l'ai appris hier au retour de la pause ! précisa Camile.

— Tu en es sûre ?

— Plus que sûre ! On peut même interroger la stagiaire si tu veux ! Au fait, vous connaissez la dernière ? Alain s'est fait lourder ! Sans préavis en plus !

— Il bossait où lui déjà ? Ils ont le droit de faire ça ? demanda Léa.

— Faut croire que oui… Secteur marketing commercial, 7 ans de service, précisa Émilie, entre deux bouchées et en attaquant sa boisson l'œil rivé sur sa montre.

– Ils ont dû lui bidouiller rapido une convention de rupture à l'amiable avec prime de départ à la clé.

– Même avec ce genre d'arrangements, c'est abusé ! À ce qu'on m'a dit, n'y aurait pas eu ses enfants, il l'aurait étranglé sur place, le Lamarque ! renchérit Camille.

– C'est dégueulasse, il venait de perdre sa femme le pauvre ! Tu parles d'une poisse ! ajouta Émilie. Han, vous imaginez ! Se retrouver du jour au lendemain seul avec deux enfants à charge et sans-emploi !

– Je n'ose même pas… rien que la semaine dernière, il y a eu une épidémie de gastro à l'école de Tom. Je croisais les doigts pour que la maîtresse ne m'appelle pas pour venir le récupérer ! J'ai épuisé tous mes jours de congés… avec mon petit bonhomme certains mois, malgré mon salaire j'suis ric-rac ! ajouta Léa.

– Mais… le père l'a une semaine sur deux, ça rééquilibre les dépenses, non ?

– Ouais, en théorie ! Tout est toujours plus beau en théorie… Bon, pour faire une histoire courte ! Je prenais la pilule. Puis un jour, puis deux, je l'ai oubliée. Moi, je lui annonce qu'il va être papa. Lui, qu'il part en retraite spirituelle huit semaines dans un ashram dans le sud de l'Inde. Soi-disant que les ondes du capitalisme occidental atrophient sa fibre artistique d'écrivain ! Au retour, monsieur se questionne s'il est bien le père biologique et assiste à zéro écho. Résultat : début et fin de grossesse toute seule. À la maternité, les pieds encore dans les étriers, monsieur me brandit une autorisation de test de paternité et depuis, bah ce n'est que de la théorie ! confia Léa d'une traite.

– Sincèrement… tu me cloues le bec, ma Léa… je l'ignorais. Tu mérites tellement d'être heureuse ! La vie est vraiment injuste, conclut Camille.

– Bof, il en existe à la pelle des nanas dans mon cas ! Juste en faisant un petit sondage rien qu'ici, je suis convaincue que tu serais surprise du résultat !

— Ouais, mais les autres c'est les autres. Toi t'es ma cops !

— Tu sais cela fait un bail que j'ai fait mon deuil de la famille idéale ! Autrefois, j'étais en quête de l'amoureux, la maison, deux ou trois enfants qui courent dans le jardin…

— Le bonheur parfait quoi ! soupira étonnamment Camille.

— Oh, un de perdu, dix de retrouvés Léa ! cita Émilie.

— Quelle connerie, ce dicton ! Ça ne marche que pour les kilos ça ! Pff, ce n'est pas juste, pesta Camille.

À l'extrémité de la salle, Pierre Burlais s'avançait de son pas lent jusqu'à un chariot pour s'emparer d'un plateau-repas, sa veste coincée sous le bras. Il ne déjeunait jamais avec les autres. La veste tomba et en la ramassant, de la monnaie s'éparpilla par terre autour de lui. Deux ou trois têtes se tournèrent en sa direction, dont celle d'Émilie.

— Dis-moi Camille ! En parlant d'injustice… le bruit court que Clarisse, la Barbie grandeur nature, serait grave dans les petits papiers de Burlais. J'dis ça, j'dis rien, mais pour la promo, je serais toi, je surveillerais mes arrières !

— Tu as eu des échos ? s'enquiert Camille. Parce que cette année, c'est mon année ! Et j'estime que je suis la seule dans cette course !

— On aurait dit une politicienne qui part en campagne électorale ! Bon, les filles, il faut que j'y aille ! On a besoin de mes talents ailleurs…

Sur cette dernière phrase, Émilie sortit de table, prit ses affaires et s'éloigna d'un pas léger.

— Salut Cynthia… À plus, Cynthia… lança-t-elle dans la foulée en abandonnant en quatrième vitesse son plateau sur le haut d'une pile.

— Bye Émilie ! eut juste le temps de répondre l'autre au dos qui disparut derrière la porte battante.

Après avoir parcouru la feuille du menu sans grande conviction, Cynthia s'était décidée pour une soupe aux légumes et un coca allégé. Elle s'installa seule à une table, face au mur, le regard perdu sur son plateau. Elle devinait ses paupières enflées des larmes d'hier, de ce matin aussi. Devant le frigo, en attrapant la bouteille de lait, elle avait ressenti Francis derrière elle. Elle espérait qu'il la serre dans ses bras, qu'il lui murmure à l'oreille ô combien il regrettait la tournure de la soirée de la veille. Ô combien il l'aime. À la place, il s'est contenté de lui expédier un rapide baiser sur le front en ajoutant : « Je risque de rentrer tard ce soir… Bonne journée Pupuce ! »

Elle baissa les yeux et fixa un point invisible sur la chaise vide d'en face. Comme elle souffrait et comme elle avait envie de pleurer, se dit-elle en reniflant.

Des éclats de rire la firent sursauter. En se retournant, son regard croisa celui de Camille qui libérait la table d'à côté en compagnie de Léa pour assiéger la sienne.

— Eh bien, ma vieille ! entonna Camille en fixant les yeux de Cynthia. La nuit fut longue… ou courte ? Allez, partage un peu avec tes copines ! Mais attention, hein ! Uniquement les détails croustillants…

— Camille voyons, c'est intime ! rétorqua Léa en tapant l'épaule de sa curieuse voisine. Ne te sens pas l'obligation de répondre à cette vilaine fouine !

— Bah quoi ! Je m'intéresse ! Juste l'histoire de valider si ça vaut toujours le coup de rester célibataire ou pas ! se défendit l'inquisitrice en se tortillant sur sa chaise.

— Bon… si tu veux tout savoir, ce fut une soirée délicieuse ! mentit la jeune femme en faisant des cercles avec la cuillère dans la soupe.

— Délicieuse ? grommela l'autre déçue. Une crème glacée est délicieuse… une pomme est délicieuse, mais… une soirée d'anniversaire de mariage s'est supposée être… j'sais pas moi… OUAWW ! Non ?

— OK, j'avoue. Je ne voulais pas vous rendre jalouse ! La partie de la soirée au restaurant fut délicieuse, et, après, bah, c'est censuré !

— Ah, ouais, carrément ! .... lâcha Camille en approchant son visage de Cynthia en quête de plus.

Deux tables plus loin, Burlais se leva et remit sa veste pour s'en retourner tranquillement sur son rocher tout près de la sortie de secours. C'était le signe pour toutes les abeilles de la cafétéria que la pause du repas était terminée.

Après la pause de l'après-midi, quand Camille rentra sur le plateau, elle se dit qu'après le travail, elle avait une course à faire. Mais elle s'arrangerait pour être de retour ici avant sept heures. Le vendredi, il finissait toujours aux alentours de cette heure-là. Elle n'aurait plus alors qu'à le suivre discrètement…

— *Bonjour, je m'appelle Nathalie Durant de la compagnie Buzzeex Communication et je vous appelle parce que j'ai une offre exceptionnelle à vous faire !*

* * *

Figée sur le trottoir, Cynthia scruta impatiemment le haut de l'avenue. Soufflant sur ses doigts pour les réchauffer, elle se dit qu'elle aurait préféré prendre le métro. Mais prendre le métro aurait signifié endurer l'interrogatoire de Camille. Et elle n'en ressentait pas la force.

À ses côtés, un jeune couple d'ados se tenant par la taille se bécotait. Soudain, le garçon, au faux air de Kurt Cobain, se fit agripper par une autre fille qui le tira en arrière avec violence. À peine eut-il le temps de réaliser, cette dernière le gifla de toutes ses forces en le traitant d'enfoiré juste avant de s'en aller, les larmes aux yeux. Il se retourna vers sa copine, complètement abasourdie, en haussant les épaules, mais celle-ci lui lança une autre gifle sans raison et entra dans le premier bus qu'elle vit.

Un homme, qui tout comme Cynthia avait assisté à la scène, sourit en secouant la tête, alluma une cigarette et lui fit un clin d'œil :

– Ça l'fera venir ! Il suffit que je m'en grille une et le bus arrive dans les deux minutes !

Cynthia fit mine de ne rien entendre, détourna le regard et alla s'accoter au poteau de l'arrêt du bus.

Au feu rouge, un scooter bleu patientait. Le conducteur tourna la tête vers elle et la salua de la main.

– Décidément, pas moyen d'avoir la paix même à un arrêt d'autobus, pensa Cynthia en baissant les yeux sur la bordure du trottoir.

Il y eut, soudain, un bref tut-tut. Puis un deuxième plus insistant.

Agacée, elle leva le regard. Le conducteur avait haussé la visière de son casque. C'était Aymeric. Le béguin de Judith.

– Salut ! envoya le jeune homme exposant un magnifique sourire à la dentition parfaite.

Cynthia chercha quelque chose de sympa à répondre. N'importe quoi. Vite, avant que le feu ne change.

– Oui…

Et telle une marionnette guidée par des fils invisibles, la paume de sa main se secoua mollement en sa direction.

« OUI !!! Mais c'est nul comme réponse ! » hurlait le cerveau de Cynthia au moment où le feu passa au vert.

Ce soir-là, le bus arriva bondé. Ce soir-là, il lui fallut encore lutter pour s'y frayer un chemin. Mais, collée à la vitre et prise en sandwich entre le cartable scolaire d'une fillette à la longue tresse rousse et un large manteau gris aux épaules couvert de pellicules,

Cynthia ne put s'empêcher de sourire en regardant s'éloigner au loin le bleu de la mobylette.

— Bonsoir madame Santiago !

Cette dernière disparut dans sa loge et réapparut la seconde d'après une lettre à la main.

— Voilà, appartement 2B ! Tenez madame Morel, il y avait ça pour vous au courrier hier. J'suis pas censée les réceptionner, mais bon, je me suis dit que cela vous éviterait d'aller à la poste ! J'ai voulu vous la remettre hier soir, mais j'ai sonné, sonné, n'y avait personne ! lança la dame en lui tendant une lettre recommandée.

— Ah ! Oui, nous sommes rentrés tard en effet…

— Hmm… Assurément…

— Merci… répondit Cynthia en s'en emparant sans prendre la peine de lire le nom de l'expéditeur dont elle devinait l'identité.

— Oh, si je peux aider…

Un jappement de chien aigu résonna au loin. Cynthia accéléra le pas et emprunta rapidement l'escalier.

Après une troisième lecture, plantée au milieu du salon, le manteau encore sur le dos, Cynthia ne comprenait toujours pas. Un huissier enjoignait à Francis de lui remettre l'automobile dont il n'avait pas honoré les mensualités depuis plusieurs mois, et ce, suite à deux précédents avis.

Comment était-ce possible ? Pourquoi ne lui en avait-il jamais parlé ? Elle sentit les larmes la gagner de nouveau.

Depuis qu'ils vivaient ensemble, elle versait chaque mois à Francis sa part des comptes, sans vérifier s'il les payait. Puis, un 6 juin, jour de son anniversaire, elle est rentrée dans un appartement plongé dans l'obscurité. Au début, elle trouva cela romantique jusqu'à ce que son amoureux lui déclare qu'il n'y avait plus d'électricité. Qu'ils devaient des milliers de dollars à la compagnie. Tout ça en brandissant fièrement comme un trophée une guitare acoustique dédicacée Carlos Santana qu'il avait obtenue en ligne pour une modique somme à quatre chiffres !

Au bord de la crise de nerfs, elle avait menacé de le quitter. Lui lui reprochait de brimer ses talents de musiciens, de ne pas le soutenir dans ses rêves. La mort dans l'âme, il la revendit deux semaines plus tard. Au quart du prix. Et elle avait dû emprunter le reste de l'argent à ses parents pour s'acquitter de leur dette. Francis avait toujours eu un parcours professionnel en dents de scie. Alternant les périodes de boulots en intérim, de boulots mal payés, de pas de boulots du tout. Puis, il était parvenu à décrocher un poste de chargé de clientèle chez une Banque. Plutôt ironique !

Un an s'était écoulé sans accrocs. Puis, il avait insisté pour qu'ils achètent une voiture en lui citant la liste de tous les avantages. Elle ne voyait que les inconvénients. Ils s'étaient alors entendus sur un petit modèle d'occasion. Ils sont ressortis de chez le concessionnaire au volant d'un gros véhicule neuf. Et encore si elle n'avait pas tenu tête, il aurait signé pour la panoplie complète de gadgets inutiles à la James Bond. Il avait endossé le prêt seul. Une chance pour elle.

Trois ans de mariage. Trois ans de mauvaises surprises.

« Pourquoi continuait-elle à endurer tous ses problèmes financiers ? » pensa Cynthia en se mouchant…

Parce qu'elle avait promis de « l'aimer et le chérir… pour le meilleur et pour le pire… dans la richesse et dans la pauvreté » ou était-ce parce qu'elle faisait partie d'une lignée familiale qui ne divorçait pas ? Elle était entourée de longs mariages heureux. Ses parents étaient eux-mêmes mariés depuis trente-sept ans. Et elle, s'était-elle sentie une fois comblée ?

Cynthia enleva enfin son manteau dans la cuisine, le lâcha sur le dossier d'une des chaises. L'horloge du four indiquait cinq heures cinquante-trois. Elle sortit une bouteille d'eau du frigo et but lentement quelques gorgées en présageant la tempête de ce soir.

Dans un peu moins de vingt-cinq minutes, Francis franchirait la porte. En se déchaussant à l'entrée, il lui lancerait :

– Bonsoir Pupuce !

Puis il lui déposerait un expéditif baiser sur le front en ajoutant :

– Et ta journée, Pupuce ?

– Le train-train habituel, répondrait-elle en haussant le volume du son du téléviseur pour couper court à la conversation. Du moins, c'est ce qu'elle avait pour habitude de faire. La colère qui bouillait en elle et qui lui torsadait les boyaux promettait à Francis un accueil beaucoup plus passionné.

La sonnerie de son cellulaire l'extirpa de ses pensées. Elle courut le récupérer dans la poche de son manteau et décrocha en reconnaissant le numéro.

– Salut maman...

– Ma petite Nini, comment vas-tu ? Je ne te dérange pas au moins ? Tu m'as l'air tout essoufflée...

– Non, j'étais dans la cuisine et je me suis précipitée pour répondre avant que ça raccroche.

– Ah, je comprends, je ne serai pas longue de toute façon ! Ton père et moi nous voulions nous assurer que vous veniez toujours samedi midi Francis et toi.

Il y eut un silence.

– Allo... allo tu es toujours là ?

– Oui... oui assurément nous viendrons, maman...

– Es-tu sûre, ma chérie de bien aller ? Ta voix à l'air bizarre...

– Je vais bien, maman, ne t'inquiète pas...

– Tu sais que tu peux tout me dire, hein !

Il y eut encore un silence.

— Écoute ma petite Nini. Je n'aime pas jouer les vieilles sages, mais, les jours gris, rappelle-toi bien que le bleu du ciel ne cesse jamais de nous surprendre.

— … oui maman…

— Je te préparerai ton dessert préféré ! Une bonne tarte aux pommes. Tu sais ce que l'on dit des desserts, n'est-ce pas ? ....

— Les desserts ont le pouvoir de nous rendre heureux !

— Exactement ! Allez, je ne te retiens pas plus longtemps. Bisous d'amour, ma Nini. J'ai bien hâte de vous voir samedi, Francis et toi.

— Moi aussi… je t'embrasse maman. Je t'aime.

En raccrochant, elle prit une dernière gorgée d'eau, puis alla remettre la bouteille au frigo. Elle déboutonna son chemisier et dégrafa son soutien-gorge en se dirigeant vers la chambre. Enleva sa jupe et sa culotte et les poussa du pied. En contournant le lit, elle évita d'apercevoir son reflet dans le miroir de l'armoire. Ce n'était pas nécessaire, elle savait qu'elle devait avoir l'air d'une folle avec les coulures de mascara.

Sous le jet d'eau tiède qui coulait sur sa peau, Cynthia se souvint alors des dernières paroles de Francis : « *Je risque de rentrer tard ce soir.* » Elle se remit à pleurer de rage et de douleur confondant les larmes et les gouttes perler sur son visage.

Francis avait une fois de plus des problèmes d'argent. Et hors de question pour elle de se laisser à nouveau embarquer par lui sans broncher ! Il n'y aurait donc ni cris ni larmes ce soir. Elle lui cacherait la lettre. Tout simplement.

Elle aussi voulait sa part de bleu du ciel ! Le même bleu que celui du scooter…

***

À la sortie du terrain vague, il entra dans une somptueuse bâtisse aux volets bleus dressée en un sévère bloc rectangulaire. Si quelqu'un lui avait dit que Pierre Burlais habitait dans une telle baraque, elle lui aurait probablement ri au nez. L'architecture raffinée était entourée d'une jolie véranda. Au rebord des fenêtres pendaient des chrysanthèmes aux couleurs chaudes.

Puisque tout invitait à y entrer, elle s'approcha d'une fenêtre entrebâillée. La seule chose que Camille avait pour se cacher était un rosier touffu aux feuilles luisantes. Elle aperçut d'abord une vaste cheminée en briques blanches où un mouton aurait pu y rôtir en entier. Puis, dans l'immense miroir accroché juste au-dessus, elle vit le reflet d'une femme dans la soixantaine environ, qui, une cigarette à la bouche, traversa la pièce dans un nuage de fumée comme un fantôme. Camille s'accroupit illico au pied de l'arbuste. Ne bougea plus. Ne respira plus. Les paupières plissées, elle sentit comme de petites contractions intestinales. « Qu'est-ce que tu fous là Camille ! Cette promotion te fait virer parano ! » songeait-elle quand, au-dessus de sa tête, il y eut un bruit de frottement de tissu accompagné d'une odeur de fumée de cigarette.

— Pierre ! Pierre ! fit tout à coup une voix aiguë.

Camille faillit faire un bond.

— PIERREU ! Où es-tu encore planqué ? reprit la même voix.

L'homme apparut de derrière la maison, essoufflé. Il se décala de quelques pas vers la droite, monta une marche et leva les yeux en sa direction.

— Je suis là, maman !

Camille raidit son cou et risqua de jeter un œil. De là, elle apercevait à peine le sommet du crâne de la femme qui arborait de ridicules papillotes. Elle eut un léger sourire et se recroquevilla à nouveau entre le muret et l'arbuste.

— Je dois m'absenter quelques minutes ! lança-t-il d'un air dégagé.

— T'absenter ? À cette heure ! Et pour aller où d'abord ? Tu viens à peine de rentrer ! Nous passons à table dans trois quarts d'heure ! protesta-t-elle en rajustant une papillote qui prenait la fuite.

— Pas question de réchauffer le dîner six fois de suite en t'attendant ! hurla-t-elle presque.

— Je n'en aurais pas pour longtemps. Une vingtaine de minutes tout au plus, rassura Pierre en écartant les bras. Ne t'inquiète donc pas !

— Ne t'inquiète pas ? Tu m'abandonnes pour aller traîner, Dieu seul sait où, avec Dieu seul sait qui… et tu ne veux pas que je m'inquiète ! Si tu veux ma mort, dis-le ! Ça ira plus vite ! Tu veux la mort de ta mère, hein, c'est ça ! débita-t-elle, hystérique. Ça y est, je sens que j'ai à nouveau du mal à respirer…

Ensuite, ce fut une toux à s'en décrocher les poumons, suivie d'une série de jets de crachats dont Camille préféra ignorer l'existence, mais qui la conforta dans son idée de décamper au plus vite.

— C'est bon, je rentre maman, céda-t-il.

En réponse, elle tira d'un geste sec les rideaux.

Sous la douche, Camille se disait que sa petite escapade chez Burlais avait été un coup pour rien. Si la vieille harpie l'avait surprise, elle l'aurait fait coffrer par les flics le temps de dire : « OUF » pour violation de propriété.

Elle s'imaginait menottée au poste de police à expliquer : « Soyez indulgent, monsieur l'agent, ma collègue Émilie m'a fichu les jetons en insinuant que j'allais me faire court-circuiter ma promo par Clarisse, la pouffe du cubicule E qui se tapait le chef superviseur ! Alors, il fallait que j'en aie le cœur net ! »

Et elle partit à rire, réalisant combien sa démarche avait été ridicule.

Elle s'allongea dans la baignoire, dirigea le pommeau de la douche sur son clitoris, ferma les yeux et se sentit monter, monter, monter.

***

Il devait être un peu moins de huit heures lorsqu'Ellen finalisa l'analyse comparative. Elle avait passé la journée à faire la navette. De son bureau au secteur des ventes. Du secteur des ventes au service comptabilité. Du service comptabilité à la salle d'archivage. Sortir les cartons des étagères, trier les chemises, enlever des documents de gros classeurs. Sans compter deux passages par le bureau de poste pour aller chercher les lettres recommandées et les paquets, dont certains étaient très lourds ! Ce vendredi avait filé comme l'éclair.

— Ouah ! Excellent travail, ma vieille ! s'encouragea-t-elle en s'étirant discrètement après une ultime relecture du rapport.

Soudain, elle crut percevoir comme un son strident et lancinant au loin. Une sorte de brève mélodie familière. Elle écarquilla les yeux en réalisant que c'était la sonnerie du téléphone. Machinalement, elle saisit le combiné.

— Secrétariat de monsieur Xavier Lamarque, bonsoir, Ellen Ménard, à l'appareil ! articula-t-elle en robot programmé, persuadée de prononcer cette formule pour la dernière fois de la journée.

— Oui. Hum ! Un instant, je vous prie !

La main plaquée contre le récepteur, ses traits se figèrent progressivement comme si on venait de lui annoncer que son pire ennemi venait de remporter la super cagnotte de la loterie nationale. Elle hésita quelques instants avant de reprendre son interlocuteur, respira un grand coup puis poursuivit :

— Oui. Ne quittez pas, je vous le passe !

À peine, l'appel transféré, elle se précipita pour coller son oreille contre l'immense masse de bois verni. Il parlait à voix basse. Elle capta un « jamais » puis un « impossible », mais sans grande conviction. D'un coup, la porte s'ouvrit. Xavier Lamarque, la poignée encore dans la main la regardait l'air d'attendre une explication.

— Voici le rapport d'analyses que vous attendiez, répliqua-t-elle sur-le-champ en lui tendant un porte-document rouge. Je vous ai également envoyé la version PDF par courriel.

— Je lirai tout ça lundi ! Et comme vous le mentionniez si bien, cela peut attendre ! répliqua l'homme avec un sourire moqueur en ignorant la pochette. … Composez-moi le numéro de monsieur Bertrand ! Ellen lut alors dans son regard qu'il y avait quelque chose de louche qui se tramait. D'ailleurs, le fait de contacter ce Bertrand en était la preuve flagrante.

— C'est urgent ! renchérit-il en ne voyant pas sa secrétaire réagir.

— Tout de suite monsieur ! acquiesça-t-elle en tournant les talons sur le bruit de fermeture de la porte.

Trois personnes attendaient déjà le bus lorsqu'Ellen arriva à l'arrêt. La fraîcheur du soir lui piquait les joues. Elle enfonça les mains dans ses poches, un bout d'aluminium craqua sous la pression de ses doigts. L'emballage du bonbon au citron que l'agent de sécurité lui avait remis ce matin dans l'ascenseur.

— J'aurai pu au moins le remercier, se dit-elle en se rappelant l'avoir pris sans un mot et enfoui dans la poche de son manteau comme une camée dont le dealer venait de fourguer à la sauvette son sachet de coke.

Ellen, bête de somme, et surtout pantin de chiffon, courbée et pressée par Xavier Lamarque, Manager de Buzzeex Communication, prenait toujours la ligne de bus 410 pour regagner la banlieue nord où elle demeurait depuis bientôt six ans. Le trajet était plus long que celle du 86, mais comportait beaucoup moins d'arrêts inutiles. Avant elle prenait celui de 18 h 27. Oui, avant. Maintenant, elle prend celui qu'elle peut. Puisque son horaire fluctuait en fonction du baromètre des sautes d'humeur de son patron.

Avant aussi, elle s'était auto-instaurée, un couvre-feu à 19 h 30. Esquiver la douzaine de jeunes délinquants, dont un seul habitait l'immeuble, qui squattait solennellement le hall d'entrée pour brailler, invectiver les honnêtes gens qui rentrent fatigués du travail et boire bière après bière jusqu'à 2 heures du matin. La police ne se donnant plus la peine de se déplacer, les locataires avaient fait venir un huissier pour constater les faits en menaçant les propriétaires HLM de bloquer les loyers chez ce dernier. Tout ça pour que le juge décrète qu'il n'y avait pas suffisamment de preuves et de plaintes (116 plaintes, quand même !) pour aller en cour. Déménager ? Elle y avait pensé. Mais déménager pour aller où ! Le cube de trois cent soixante-seize et vingt-sept pieds carrés, entièrement « pas rénové », entièrement « pas meublé » composé d'un plafond, d'un plancher et de quatre murs était certes microscopique, mais pas cher du tout. Et puis d'abord, elle avait d'autres projets.

Elle avait hâte de rentrer. Après une douche brûlante qui transformerait la mini salle de bain en hammam, elle s'affalerait comme une épave dans son fauteuil en velours vert devant un DVD. Emmitouflée, dans sa robe de chambre jaune canari qui s'effilochait de tous les côtés et armée de grosses chaussettes, certains soirs, lorsqu'elle était en forme, elle pouvait regarder jusqu'à deux films d'affilé. Redoutable cinéphile, elle avait visionné une grande partie du patrimoine cinématographique américain et européen. Son dada, les comédies romantiques en noir et blanc des années 30 à 50. De Capra à Mc Carey en passant par Lubitsch ou encore Wilder, elle connaissait les dialogues par cœur. De bons vieux films. Un paquet format familial de chips. Une monstrueuse portion de glace à la vanille et aux noix de pécan caramélisées. Hip ! Hip ! Hip ! Hourra ! Pour le boycott du calcul des calories ! Juste satisfaire les désirs de son estomac sans culpabiliser pendant deux jours en se gavant de jus de chou et de céleris en branche ! Et puis, deux ou trois bourrelets ici et là, qu'est-ce que ça peut bien faire lorsque l'on n'a personne devant qui se déshabiller ! Elle aimait mieux cette recette du bonheur à virer à la version maniaco on-ne-sait-quoi, pro du drame passionnel, qui se bouffe les ongles jusqu'au sang et gobe à longueur de journée des cachetons de toutes les couleurs parce qu'elle est célibataire !

Une main tapota discrètement l'épaule d'Ellen et lui montra du doigt une voiture qui, garée à sa hauteur en double file, la klaxonnait apparemment depuis un certain moment sans qu'elle y ait prêté attention. C'était Enrique.

— J'te dépose ? semblait-il lui faire signe en pliant le bras vers lui.

Elle n'était pas certaine d'avoir bien saisi, mais en tous cas cela en avait l'air ! Sous la pression visuelle de ses acolytes de l'arrêt de bus qui, tout en continuant à faire le pied de grue, avaient du coup leur regard braqué sur elle, Ellen se faufila hâtivement entre le coffre arrière d'une Lincoln Continentale et l'avant d'un taxi, dont le chauffeur ayant assisté à la scène, applaudit. Elle ouvrit la portière et monta.

— Ouah ! J'ai bien failli penser que tu faisais semblant de m'ignorer ! dit-il en plaisantant et en balançant à l'arrière son blouson sur lequel elle avait manqué s'asseoir dans la précipitation.

— C'est surtout que je ne m'attendais pas à ce que…

— À ce que je laisse sur le trottoir une demoiselle en détresse à huit heures passées ! ironisa l'homme. Tu habites bien à l'angle du boulevard Lacordaire, au 297 rue de Castille, c'est bien ça ? lança-t-il plus comme une confirmation qu'une interrogation sans lui laisser le temps de finir.

Elle lui rendit un sourire crispé en guise de réponse. Comment connaissait-il son adresse ? Elle se sentit tout à coup troublée, regrettant presque d'être montée. Et ne profitant même pas de la chaleur confortable du véhicule, la main bloquée sur la poignée de portière prête à sauter à tout moment, elle se pressait de deviner la manière dont il avait pu obtenir ces informations. L'aurait-il suivie un soir à son insu ? Ou alors aurait-il eu accès à son dossier par l'une des filles de la DRH ?

— Au fait ! J'te rassure Ellen, j'suis ni un psychopathe ni un pervers ! devança-t-il comme s'il avait ressenti son malaise. Une ex à moi demeurait dans le coin. Une fois en la raccompagnant, je t'ai vue rentrer dans un immeuble, chargée de courses… J'en ai déduit que tu résidais là !

— Oh ! Je vois… euh… oui…

Elle bredouilla quelques syllabes, ne trouvant la phrase adéquate, tant elle était soulagée et tant elle s'en voulait d'avoir été si méfiante.

Enrique ne quittait pas la route du regard. En empruntant le boulevard Henri-Bourassa Est, la circulation était devenue moins dense, mais s'intensifia à nouveau à l'approche du croisement du boulevard St-Michel. Ellen, silencieuse, l'observait discrètement du coin de l'œil. Au boulot, elle avait eu vent de sa réputation sulfureuse de « bourreau des cœurs ». Rien que chez Buzzeex, on ne comptait pas moins de cinq nanas qui y avaient laissé des plumes, dont une qui avait même fait une tentative de suicide ratée. Malgré ça, toutes les victimes de ce « serial lover » ou on pourrait dire « serial menteur » continuaient à le regarder avec des yeux de merlan frit chaque fois qu'il déambulait droit comme un i et le torse gonflé d'assurance dans les couloirs pour assurer la sécurité. Ses cheveux noirs, brillants et vigoureux dans lesquels chacune rêvait d'y passer ou d'y repasser les doigts, son teint hâlé, son regard perçant, sa bouche sensuelle et ses fesses rondes et fermes représentaient les ingrédients d'un cocktail explosif qui déchaînait passions, convoitises, adultères, jalousie. Assise à quelques centimètres, elle ressentait déjà le magnétisme animal, la virilité exacerbée du beau latino, lui tournebouler ses sens. La voiture s'arrêta à un feu rouge. Il en profita pour régler son rétroviseur intérieur et se lisser le sourcil gauche. Ce qui fit remarquer à Ellen la présence d'une fine cicatrice qui lui avait été invisible jusque-là. Était-ce la trace de la morsure d'une énième conquête nymphomane ou alors celui du magistral coup de poing d'un mari cocufié ?

— Eh, que dirais-tu si je t'invitais à prendre un verre !

— Un quoi ?... Tu veux dire, toi et moi... Enfin tu veux dire, rien que nous deux ? balbutia-t-elle en se repassant la proposition en boucle dans son esprit pour vraiment s'assurer que c'était bien ce qu'elle avait entendu.

— Ben, oui ! À moins que tu voies une troisième personne dans la voiture ?

Ellen le fixait la bouche ouverte comme une carpe.

— J'considère ton silence comme un oui ! Allez go ! Go ! Go !

Enrique alluma le clignotant et tourna à l'angle du boulevard Pie IX en direction du quartier des restaurants. Ellen ne dit rien et se laissa aller en s'enfonçant sereinement dans le siège. Les lumières de la ville défilaient comme un film en vitesse accélérée. Alors, elle ferma les yeux en essayant de graver dans sa mémoire cette première fois où un homme l'invitait à prendre un verre.

Après avoir cherché une place pour stationner pendant une dizaine de minutes, ils s'installèrent enfin face à face à une petite table. Ellen balaya rapidement la salle du regard. Alors que les autres bars grouillaient littéralement de monde, celui-ci était désert. Mis à part eux, il n'y avait qu'un vieillard qui, la tête penchée sur sa pinte de bière, paraissait s'être assoupi. L'endroit n'avait rien de romantique, mais cela lui était égal.

— C'est vrai, je te l'accorde, ça ne paie pas de mine ici ! Mais ils y servent les meilleures frites de toute la ville !

— Des frites ? Je vais me limiter à un café bien serré, c'est gentil...

— Tu as tort, elles sont vraiment à tomber ! Tu devrais y goûter, je t'assure !

— Bon, allez, de toute façon, je meurs de faim ! capitula la jeune femme.

— Salut Enrique ! Toujours en pleine forme à ce que je vois ! balança une serveuse énorme avec une pointe d'irritation en désignant Ellen du regard. Une bière et une spéciale merguez, comme d'hab'… et on va rajouter une double portion de frites, j'présume !

— Parfait ma belle Tina ! Et pour mademoiselle, ce sera un café bien serré et un sous-marin au thon ! Tu aimes le poisson ?

Ellen acquiesça. La grosse femme passa un chiffon sur la table, ses bras comme des montagnes de gélatine ondulaient, à chacun de ses gestes.

— Me croirais-tu si je te disais qu'avant ici c'était la cantine préférée de la majorité des mecs du quartier ! Ils venaient tous rien que pour respirer le même air que Tina et la voir onduler avec son petit tablier., chuchota-t-il après s'être assuré que l'autre avait disparu en cuisine.

— Et toi ? Tu étais le seul à venir pour les frites ! répondit Ellen aussi sec.

Enrique sourit.

— Tu n'étais pas très bavarde dans la voiture tout à l'heure, c'est ma façon de conduire qui t'effrayait !

— Non, non, ça a été !

— Ouf ! J'suis soulagé ! Mais, généralement, ce sont les femmes qui conduisent mal…

— Peut-être bien parce que la majorité des moniteurs sont des hommes !

— Tu as du répondant, dis-moi ! J'adore ça !

Ellen se sentant rougir baissa les yeux, étonnée par l'audace de sa propre réponse.

— Tu sais Ellen, je vais te faire un aveu, murmura Enrique en se penchant vers elle et en plongeant son regard dans le sien.

— Tu m'intrigues ! déclara l'homme, en se mordillant la lèvre inférieure.

— ...

— Je trouve fascinante l'aisance que tu as de rester quoiqu'il arrive toujours égale à toi-même…

— … ah, bon !

— Seule une extra-terrestre pourrait supporter un patron comme le tien !

Ellen hésitait à savoir si elle devait le prendre comme un compliment. Ses doigts rencontrèrent un bout de mie de pain qu'ils roulèrent jusqu'à en obtenir une petite boule.

— Hey ! Souris ! Je te complimente là ! la rassura-t-il

La grosse Tina réapparut avec les plats.

— Eh, voilà, beau gosse ! lança-t-elle en guise de *bon appétit* avant de bombarder la table du vieil ermite d'à côté d'une énième pinte de bière.

Enrique mima l'envoi d'un baiser pour la remercier puis continua son laïus.

— … et sinon il a dit quelque chose au sujet des bruits de couloir ? Cette histoire est partie dans tous les sens… À chaque étage, tu as une version différente ! En tout cas, si tu peux lui glisser un petit mot gentil me concernant, n'hésite pas ! ...

Ellen silencieuse fixait l'assiette et se demandait si finalement l'homme ne l'avait pas invitée juste pour s'assurer qu'il ne subirait aucune répercussion.

— Pour faire un chignon pareil, ça doit exiger une sacrée chevelure ! Lâche tes cheveux un peu pour voir ! proposa l'homme culotté en l'évaluant la tête penchée sur le côté.

— Euh… tout de suite, articula la femme embarrassée à l'idée de partager publiquement ce moment intimiste.

— Bah oui… je suis sûr que ça te va super bien ! Allez, enlève-moi cette grosse épingle et donne-la-moi ! Allez, encouragea l'homme en souriant pour éviter un refus catégorique. Il simula même l'action de venir la retirer lui-même.

Ellen s'exécuta et libéra une chevelure volumineuse et légèrement ondulée. D'un geste de la main, elle fit passer la crinière sur le côté.

— Je le savais ! Une magnifique princesse ! Désormais, fini le chignon ! OK !

Tout en sirotant sa bière, il la regardait découper soigneusement ses frites comme l'on découpe de la viande, puis souffler sur ces dernières avant de les porter à sa bouche. Il parut amusé.

— Sachez, Madame l'aristocrate, que les frites, c'est bien meilleur avec les doigts ! déclama-t-il en enfournant d'un coup trois frites noyées de sauce tomates.

— Alors au diable l'étiquette ! gloussa la jeune femme en enfournant spontanément à son tour deux frites.

Et en lui faisant un clin d'œil, il ajouta :

— Ouais ! Comme ça ! Hey, finalement j'ai eu une sacrée bonne idée de t'inviter ici !

— Oui ! sourit Ellen, en gardant à l'esprit que l'intention n'était pas si désintéressée.

***

On frappa une série de trois vifs coups secs à la porte.

— C'est ouvert !

Celle-ci s'écarta presque aussitôt et un filet de lumière pénétra la pièce. Une silhouette masculine surgit, éclairée par-derrière dans la pénombre telle une apparition céleste.

— Eh ben ! On veille les morts ici ou quoi ? Et la lumière fut ! lança une voix grave en enfonçant le bouton de l'interrupteur.

L'homme tira une chaise face au bureau et s'affala contre le dossier en velours. Le col de son long manteau en cuir noir était parsemé de pellicules et il dégageait une forte odeur de tabac tiède. D'ailleurs, le cigarillo à moitié entamé coincé derrière son oreille témoignait qu'à l'évidence il avait dû l'éteindre avant d'entrer.

— Alors c'est quoi le boulot cette fois, monsieur Lamarque ? Infiltration, surveillance, filature ? Que peut-il bien y avoir de si urgent ? questionna-t-il en dégainant un vieux calepin et un stylo à bille dont il arracha le bouchon d'un bref coup de dent.

Xavier Lamarque fouilla la poche intérieure de sa veste et en sortit une petite photo.

— Regardez bien cette femme ! Je veux absolument tout savoir sur elle ! De sa première dent de lait à sa dernière marque de crème antirides de nuit en passant par ses liquidités et le nom du dernier amant qui l'a sautée. Je veux que vous me la désossiez au complet ! énuméra-t-il en ne tenant plus compte de son degré de langage. Ce qui n'échappa pas au détective qui haussa les sourcils, le sourire en coin.

— Wô ! Wô ! Pas si vite ! Il n'y a pas marqué dactylo là ! fit le gars en montrant de la pointe de son stylo son large front plissé.

Il griffonna sur la page qu'il venait de tourner puis reprit vite son sérieux face au regard glacial de son client.

— Ouais ! Et vous voulez les infos pour quand ? demanda-t-il en frottant la pointe à nouveau bouchonnée de son stylo contre le devant de son genou.

Le tissu de son blue-jean était jauni comme s'il ne s'était pas donné la peine de le laver depuis longtemps.

— Pour avant-hier ! grommela Xavier Lamarque en l'observant l'air de se dire qu'à son départ, il faudrait qu'il pense à faire nettoyer la chaise.

— OK ! Rien que ça ! Vous savez, je travaille en solo moi, et j'ai déjà deux enquêtes en cours ! Alors à ce rythme-là, il va falloir que je revoie mes honoraires à la hausse !

— Laissez votre cynisme pour vos autres clients, Jack ! Vous savez pertinemment que l'argent n'est pas un problème ! poursuivit-il en resongeant à l'appel précédent.

— … pas un problème, pas un problème… pour l'instant ! À mon avis, vous feriez mieux de vous rabibocher avec votre dame, parce que le maître Brissois ce n'est pas un tendre !

— Justement, si vous faites bien votre travail, il n'y en aura pas de problème d'argent ! trancha l'homme, agacé. Alors, passez la cinquième à propos de Devernier ! Je viens de finir de lire votre dernier rapport et tous les éléments le font passer pour un enfant de chœur ! Il est impossible que cet homme n'ait rien à cacher !

— Je vous assure, j'ai épluché son passé au laser et il est nickel ce gars ! Marié à la même femme depuis trente-sept ans, une fille unique sortie major de promo, fréquente l'église chaque dimanche, participe à diverses œuvres de charité …

— Bon, alors vous savez ce qu'il vous reste à faire !

— Mais puisque je vous dis que ce gars est clean !

— Allons, Jack ! Vous, moi, la grand-mère qui sort faire pisser son chien, on a tous un squelette dans notre placard ! Alors, à supposer que vous ne trouviez rien, fabriquez-le ! Soyez créatif !

L'homme secoua la tête d'un air approbateur, se leva et sur le seuil de la porte balança :

— Je vous rappelle au plus tard demain midi !

Puis, il sortit immédiatement en rallumant son cigarillo.

Xavier Lamarque se sentit encore plus tendu. La pièce s'enfonçait dans la pénombre. Seule la lumière faiblarde de la petite lampe de bureau l'illuminait partiellement. Sa main frotta avec mollesse son front, ses paupières puis s'arrêta nette sous la dureté des poils courts de sa barbe naissante.

À la seconde où ses yeux s'étaient posés sur Isabelle Devernier à l'école de commerce, il avait été conquis. Non par son charme, mais par l'idée qu'en l'épousant, elle lui donnerait accès à une place dans la cour des grands. Il avait épuisé mille et un stratagèmes pour séduire sa mijaurée friquée. Ah ça, elle a été du genre coriace à débrider ! Cette scotchée des cuisses au minou effarouché. Cette coincée du cul, prorécalcitrante de la baise. Il aurait tout bonnement pu se contenter de la sauter, comme la moitié de ses copines, non pas dans la suite d'un somptueux hôtel parce qu'à l'époque il n'en avait pas les moyens, mais simplement à l'arrière de sa vieille Fiat d'élève boursier. En effet, il aurait pu. Mais elle, c'était Isabelle Devernier. Fille unique du richissime industriel Édouard Devernier.

« Pour obtenir les rênes du pouvoir, il vous faudra faire vos preuves ! » lui avait-il dit le jour de leur mariage.

Il avait dû commencer au bas de l'échelle chez Buzzeex Communication. Courbant l'échine. Mettant un bâillon sur son orgueil, puisque motivé de posséder cette compagnie que beau-papa lui offrirait en gage de sa reconnaissance suite à la naissance du premier rejeton mâle de sa fille.

Son regard s'attarda sur le téléphone. Il fronça aussitôt les sourcils comme si intérieurement il se traita de tous les noms sous l'impulsion d'une répugnance extrême.

— Allez, Jack ! Trouvez-moi quelque chose, bon sang ! marmonna-t-il à l'attention de l'appareil.

***

20 h 42. Judith stationna en bas de la rue, alluma la radio et attendit. Francis Cabrel chantait *Ma cabane au fond du jardin*. Elle songea alors que cela n'avait pas été prudent de boire autant de café avant de partir. Pour éviter de focaliser sur sa vessie, elle appuya sur le bouton à la recherche d'une autre fréquence,

captant au passage du heavy métal et une multitude de bla-bla publicitaire. *Crazy in love* passait. La voix de la belle Beyonce ondulant sur le rythme RNB fit penser à Patricia qu'elle avait manqué le coche et que sa véritable destinée était de devenir chanteuse et même star de cinéma. Riche, célèbre et en plus, être élue la plus belle femme de l'année ! Tout cela en une vie ! Au grand jeu du tirage des destinées, il y en a un paquet qui avait été verni.

Un chien jappa au loin. Elle interpréta ça comme un signe, descendit du véhicule et remonta rapidement la rue, du moins aussi rapidement que les hauts talons le lui permettaient. Appuyée contre un arbre sur le trottoir, cet emplacement lui permettait de guetter, sans crainte d'être vue, la moindre activité qui se déroulerait derrière les vitrines de Chez Grand-Maman. Prédire la sortie du bel Aymeric lui permettait ainsi d'organiser sa conduite. Elle y voyait un couple assis face à face, une étudiante installée, une tasse à la main, devant un ordinateur portable, profitant certainement de la gratuité de la connexion wifi. Pas d'Aymeric.

Judith frissonna dans la légèreté de son accoutrement. Elle s'était contemplée au moins dix-huit fois sans vraiment se reconnaître. Et c'était néanmoins trouvée sexy. Camille aurait été sacrément surprise en la voyant !

Sa montre indiquait 20 h 58. Elle souffla un grand coup pour se donner du courage. En dépit de ses hésitations, elle se dit qu'elle lui sortirait le grand jeu. De toute façon, elle avait tout à gagner puisque les esprits étaient de son côté. Les yeux braqués sur la porte, son cœur s'affola à la vision d'un homme qui venait de la franchir. Elle plissa les yeux. Ce n'était pas lui. La brise fraîche s'accentua soudain, glaçant ses membres. C'est ainsi qu'elle réalisa qu'elle avait oublié ses gants dans la voiture, mais aller les récupérer c'était prendre le risque de rater sa cible. Alors elle tiendrait bon. L'étudiante, la tête inclinée vers la table, paraissait écrire. Le couple se leva et se dirigea vers la sortie. Une serveuse vint aussitôt nettoyer leur table. Judith reconnut la petite caissière au verre d'eau salée. L'étudiante lui fit un signe de la main en remuant les lèvres. L'autre se redressa, remua les lèvres à son tour, et l'étudiante donna l'impression de ranger ses affaires pour partir.

Un dernier coup d'œil à sa montre l'envahit d'un doute. Serait-il possible que son beau serveur soit déjà parti ? Il était tout de même 21 h 10.

Un chat poussa un cri, mi-ronronnement, mi-miaulement et frotta son pelage contre ses jambes dénudées. Judith eut un brusque mouvement de recul, perdit l'équilibre quand son talon s'enfonça dans un nid de poule et se tordit violemment la cheville. Merde ! Elle se redressa et balaya du regard la façade à la recherche d'une quelconque présence, en vain. L'étudiante était partie. L'endroit semblait désert. Judith pesta. La minute d'après, la serveuse réapparut et balayait à présence la place. Judith se sentit mal à l'aise et se mordit l'intérieur de la joue lorsqu'elle vit le restaurant plongé dans l'obscurité. Était-ce dû à un subit sursaut d'espoir, mais, elle se sentit attirée et traversa la rue. Debout devant la porte, une main posée sur la poignée. Le froid du gros bouton métallique l'électrisa d'un vif frisson qui lui fit revenir in extrémis à la réalité. Le restaurant était fermé.

– Sapristi de poisse ! pensa-t-elle.

Les yeux clos, elle réfléchit.

Tout à coup, au même moment, il y eut un éclat jaune lumineux. Derrière la porte en verre opaque, elle vit deux espèces de taches se mouvoir. Des ombres. Celle de la serveuse, à coup sûr. Et celle d'Aymeric, peut-être.

– Han ! ....

En un instant, sa main se raidit. La poignée la libéra. Judith déguerpit pour s'accroupir derrière une grosse poubelle.

– J'te dépose ? proposa une voix de fumeuse.

– Oh, ce n'est pas de refus ! J'ai les guiboles en compote ! accepta la serveuse.

Arrivée haletante à sa voiture, Judith se laissa tomber sur le siège avant, délivrant un soupir de dégoût.

— Pff ! Tout ça pour rien !

Elle croisa son regard dans le rétroviseur, puis s'effondra en larmes la tête dans le volant.

***

Sur les coups de onze heures, une femme dans un imperméable beige style Colombo traversa rapidement la salle du restaurant, sur le point de fermer, en direction d'une table isolée.

— Hello Jack ! envoya-t-elle aussitôt langoureusement en ôtant ses lunettes noires à l'attention des deux mains solidement agrippées au Times qui dissimulait le visage du lecteur.

Au son de sa voix, l'écran de papier blanc noirci d'écriture en petits caractères d'imprimerie s'abaissa d'un coup sec.

— Oh, ben ça par exemple ! Tu parles d'une coïncidence !

— Te fatigues pas ! Je sais que tu me suis ! sourit la femme en s'asseyant à côté de lui sur la banquette en cuir.

— Et depuis quand m'as-tu repéré ?

— Oh, depuis que cet enfoiré de Lamarque t'a promis de te filer un bon paquet de fric pour te mettre à l'œuvre. Tu devrais faire gaffe mon Jacky, tu sèmes derrière toi les indices comme le petit Poucet. Perdrais-tu la main ? J'avoue que rien que l'idée me décevrait… Sais-tu ce qui serait encore plus décevant mon Jacky ?

L'homme secoua la tête de gauche à droite.

— Ce serait de décevoir notre ami commun, susurra-t-elle en glissant discrètement sa main sous la table et en caressant son pénis déjà durci à travers son pantalon. Toi et moi on se connait depuis suffisamment longtemps pour rééquilibrer le tout, n'est-ce pas !

— Me proposerais-tu de jouer sur les deux tableaux ? balbutia l'homme, le souffle court.

— À toi de voir ! Trouve-lui juste un petit os à ronger, histoire de l'endormir ! Mon petit doigt me dit que t'es pas près de voir la couleur des biftons de Lamarque !

Les yeux fermés et la tête penchée en arrière, il partit dans une série de profonds soupirs.

— Partant pour m'aider à savourer notre victoire ?

Elle arrêta sa caresse juste avant que l'autre n'éjacule. Alors, il balança le journal sur le siège inoccupé à côté de lui et suivit la femme qui venait de quitter le restaurant.

Plus tard, dans le bureau du détective, elle dénoua la ceinture de son imperméable et d'un léger coup d'épaule celui-ci gisait déjà sur la moquette. Elle ne portait absolument rien en dessous. Le trousseau de clés échappa des mains de Jack, tomba dans la corbeille à papier sans qu'il fût en mesure de bouger. La bouche entrouverte comme un bébé guettant sa mamelle laiteuse et les yeux écarquillés, il était saisi par l'érotisme qu'elle déchargeait. La raideur qui menaçait sa braguette d'exploser en était la preuve. Elle s'avança lascivement et, la tête enfouie entre ses cuisses charnues et chaudes, il oublia tout.

Dès demain, il appellerait Lamarque et lui raconterait qu'il n'avait rien découvert. Dès demain, il remanierait son rapport et détruirait toutes les preuves. Sauf peut-être une qu'il conserverait en sécurité dans son coffre, histoire de protéger ses arrières.

* * *

— Pff… Pourquoi ne saute-t-il pas le générique au début de chacun des épisodes ? pestait Cynthia, la tête recouverte de son oreiller pour couvrir la musique.

Elle se rappela vaguement l'avoir entendu prononcer tout à l'heure, en rentrant, un « Pupuce elle-ne-savait-plus-trop-quoi ». Elle lui avait répondu une banalité comme à l'habitude. Sans mentionner la lettre. Elle se souvint aussi avoir tourné la tête pour lui proposer de décongeler un restant de lasagne, mais Francis avait déjà quitté le vestibule. La seconde d'après, elle entendit plus que le jet de la douche ce qui la fit râler et augmenter le volume de la télévision, car son émission de Quiz commençait.

Un peu plus tôt, il s'était faufilé à côté d'elle sous les draps. Il lui avait caressé le ventre. Elle s'était raidie puis enroulée en boule en lui tournant le dos. Hors de question de faire des galipettes, stressée et énervée comme elle était ! Elle lui avait sorti une excuse bidon. Déjà la semaine précédente, elle avait inventé une cystite pour le garder à distance pendant cinq jours. Face à ses nombreux refus, Francis n'insistait jamais. Il se montrait patient en lui répondant chaque fois : « Pas grave, on sera sages, c'est tout. »

Cynthia souleva l'oreiller pour jeter un œil au cadran. 0 h 32.

Elle dégagea son corps des couvertures et se traîna jusqu'à la porte du salon.

— Francis, peux-tu baisser un peu le volume s'il te plaît ? demanda Cynthia d'une voix qu'elle voulut calme.

— Mais, ce n'est pas fort ! T'exagères, envoya-t-il sans se retourner et plongeant sa main dans le sachet de chips.

— Oui, mais le son m'empêche de dormir, insista-t-elle en s'avançant d'un pas.

Cette fois, Francis se redressa du canapé où il était affalé pour lui répondre.

— Oh, écoute ! Si t'avais eu la moitié des emmerdes que j'ai eus aujourd'hui au boulot, tu voudrais décompresser tranquille toi aussi. Demain, c'est samedi, bordel ! Tu auras tout le temps de dormir !

Cynthia resta bouche bée, partagée entre l'envie dévorante de lui arracher la télécommande des mains pour éteindre cette foutue télévision intelligente androïde 65 pouces et lui dégainer la lettre de l'huissier.

Elle encaissa cette platitude sans broncher. Se disant néanmoins qu'elle aurait dû se battre dès les premiers signes de cet enlisement de leurs habitudes. Les yeux perdus sur le sommet de son crâne qu'il lui présentait, elle se souvint de leur emménagement ici. C'était la première fois qu'elle vivait avec un partenaire. Une grande étape pour elle, la solitaire. L'appartement était vide de chez vide. Ils avaient oublié de réserver à la mairie une place de stationnement dans la rue pour le camion.

Résultat, ils s'y étaient mis à pied, à six, chargés comme des ânes pour parcourir la cinquantaine de mètres sous la pluie. Elle avait passé les deux jours précédents à faire ses cartons bien étiquetés. Lui, à la dernière minute, avait eu la brillante idée d'utiliser des sacs poubelles. Du coup, dans l'affolement général, un des sacs avait été balancé aux poubelles, pensant qu'il s'agissait d'ordures. Si bien que, le soir, hyper fatigués, hyper énervés, hyper TOUT, ils s'étaient effondrés en se blottissant l'un contre l'autre sur le canapé. Le lendemain, devant leur téléviseur 16 pouces acheté d'occasion, Francis s'était improvisé électricien en articulant l'antenne intérieure numérique dans tous les sens. Alors qu'elle râlait en changeant de chaîne, car l'image en couleur avait encore viré au jaune.

À quel moment leur bulle de complicité avait-elle explosé ? Avant, ils partageaient tout. Même leur mois de naissance. Avant, chacun s'accommodait des petites manies et habitudes de l'autre. Avant, les dimanches pluvieux, ils les passaient enlacés sous la couette sans aucun scrupule. À présent, dans le lit ou le canapé, ils étaient vite agacés face aux précieux centimètres que l'autre grappillait. Désormais, chacun vivait sa passion sans rien demander ni attendre quoi que ce soit de l'autre. Un peu par esprit de contradiction, beaucoup par désintérêt.

Un « Ouaw ! » suivi d'un applaudissement tira brutalement Cynthia de ses souvenirs.

Cynthia applaudit à son tour : « Bravo ! »

Francis sans tourner la tête envoya :

— Oh, tu es encore là ! Formidable claque esthétique, hein ! Ouaw !

Cynthia recula, ferma la porte et s'arrêta dans l'entrée pour fouiller son sac à main et réapparut.

— Bravo à toi aussi ! Toutes mes félicitations pour ta formidable claque financière ! aboya-t-elle en jetant sur les cuisses de Francis la lettre d'avis de saisie.

— Écoute, tu ne vas pas me prendre la tête ce soir avec ça ! Je m'en occuperai lundi…

Cynthia, en larmes, s'empara de la télécommande et éteignit le téléviseur.

— Mais bordel, tu fais quoi là ! Tu ne vas pas te mettre à chialer pour si peu ! Ce n'est qu'une bagnole !

— Pourquoi ne m'as-tu pas mise au courant ? J'allais bien finir par le découvrir, non ? La lettre mentionne deux précédents rappels…

— Bah, à quoi bon t'en parler ! Tu n'arrêtes pas de râler sur la montée du prix de l'essence et que ce serait plus économique d'utiliser les transports en commun !

— Non, mais c'est grave ! Tu exagères Francis !

— C'est toi qui exagères ! Je trouve même ton comportement limite hypocrite !

— Quoi ! Tu n'es pas foutu de gérer ton argent et c'est moi qui suis hypocrite ! Je suis la seule à avoir la tête sur les épaules dans ce couple !

– Nuance, tu es la seule à te prendre la tête ! Tout ça pour trois, quatre paiements qui ne sont pas passés…

– J'en ai marre d'être la seule à faire des concessions ! Te rends-tu compte que je rafistole mes vêtements un à un alors que Monsieur jette les siens dès qu'ils sont un tantinet abîmés !

– Et nous voilà repartis ! lança-t-il en mimant de jouer du violon.

Elle s'approcha de la porte fermée du balcon et pointa une bâche noire couverte de poussière.

– Tiens, c'est comme ton caprice à 1 000 vitesses là, que tu as étrenné à peine deux fois en un an !

– Alors, déjà, ce caprice comme tu dis, c'est un vélo de course hyper performant… 21 vitesses que j'avais obtenu au prix d'un 3 vitesses !

– Euh, c'est quasiment 10 de plus que les coureurs cyclistes professionnels, non ? Donc toi, un vendeur te vend des vitesses au rabais et tu as l'impression de faire un deal !

– Ouais !

– Je ne te supporte plus ! J'en ai marre, marre… marre… pleura de plus belle Cynthia en s'écroulant en position assise sur le sol.

– Si tu en as, si marre que ça… tu n'as qu'à partir, je ne te retiens pas…

– Partir ? Pourquoi est-ce moi qui devrais partir ? Je te rappelle au passage que l'intégralité des meubles m'appartient ! Que contrairement à toi je peux subvenir aux dépenses toute seule !

– On est mariés donc les meubles sont aussi à moi ! Puis c'est toi qui n'as jamais voulu des miens au début !

– Tu racontes n'importe quoi ! Quels meubles ? Je ne les ai jamais vu tes soi-disant meubles ! Tu ne m'invitais jamais chez toi, prétextant toujours que ton coloc était super casse-pied !

— Ouais, mais toi là honnêtement tu le surpasses haut la main !

— T'es vraiment trop con !

— N'empêche que le con, il va payer les quatre mensualités de retard de l'auto dès lundi !

— Ah oui ! Je serai bien curieuse de savoir comment !

— Sur le net, hier j'ai obtenu un prêt bancaire, en un clic ! D'ici 48 heures, ils vont me doubler la limite de ma carte de crédit ! fanfaronna l'homme en haussant les épaules et il tendit la main vers la télécommande pour reprendre le visionnage de sa série.

— Tu n'es qu'un inconscient ! C'est de pis en pis avec toi ! Tu cultives l'art de nous mettre dans le pétrin ! Tu veux payer des dettes avec de l'argent qui n'existe pas ?

— Oh, arrête avec les leçons de morale avec ton cours de compta à deux balles ! Laisse-moi au moins finir mon épisode en paix, si ce n'est pas trop te demander !

— Ton épisode ? Ton épisode ! Je te rappelle que c'est mon argent qui a payé ce coffret...

Francis la mitrailla du regard.

— Ouaw ! Je ne te savais pas aussi mesquine ! Finalement, c'est toi qui as raison ! Je ne vais pas rester une minute de plus ici au milieu de tes meubles !

Il se leva, partit dans la chambre. Elle entendit la porte de l'armoire s'ouvrir puis se refermer. Ensuite, dans l'entrée il lui lança froidement :

— Au lieu de me démolir à tout bout de champ ! Tu aurais pu me soutenir afin de trouver ensemble un moyen de s'en sortir ! Je ne me sens pas vivant avec toi !

Il referma la porte derrière lui.

Cynthia, bouche bée, les larmes coulant sur ses joues, tourna la clé et poussa le verrou.

Elle s'arrêta au passage à la salle de bain. Elle ouvrit un des placards et en sortit une petite boîte de bouchons d'oreilles en cire.

De retour sous la couverture, les tympans protégés, Cynthia se dit que demain elle se servirait deux fois de la tarte aux pommes. « Les desserts ont le pouvoir de rendre heureux » et elle avait envie d'être heureuse.

4

Lorsqu'elle ouvrit les yeux, elle glissa machinalement la main sur la partie droite du lit. Elle était vide. Elle arpenta le couloir jusqu'à la salle de bain en évitant les miroirs. Tout était calme. Seul un sachet de chips renversé sur le tapis du salon lui confirma qu'elle n'avait pas rêvé.

« Où as-tu passé la nuit Francis ? » se demanda Cynthia en pressant les commandes tactiles de réglages de la cafetière. « Le café, c'est sacré ! » avait-il scandé en débarquant un soir avec l'appareil multiprogrammations, multifiltres à eau au charbon, multifonctions d'autonettoyage et surtout multimensualités.

Les images de la dispute de la veille se bousculaient dans sa mémoire. En contemplant le liquide couler en silence dans la carafe, elle réalisa qu'elle avait toujours ses bouchons d'oreilles. En les jetant dans la poubelle, elle attrapa au passage sur le comptoir son cellulaire. Aucun message. Les larmes lui montèrent.

Francis aurait pu au moins la texter. Lui écrire pour la prévenir de ne pas l'attendre. Qu'il ne rentrerait pas. Pas cette nuit, du moins. Bref, lui donner signe de vie pour qu'elle ne s'inquiète pas. L'idée de lui envoyer un texto lui traversa l'esprit, mais elle se ravisa. La pendule de la cuisine indiquait à peine six heures. Trop tôt pour un texto. Trop tôt pour se lancer dans une bataille à coups d'argumentations, qui au final l'épuiserait. Peut-être était-il fou de colère ou de tristesse ou même un peu des deux. Pourquoi pas même aucun des deux.

Elle se servit une tasse du café frais, sans sucre, sans lait. Mordilla dans la mie sèche d'une tranche de pain oubliée sur la table hier soir. Mais le peu qu'elle mâcha fut pour elle un véritable supplice. Comme si elle n'eût plus goût à rien. Elle cracha illico sa bouchée dans l'assiette, la lava, l'essuya et alla dans la chambre.

Après une demi-heure passée allongée à regarder les minutes s'égrener, elle avait pris une douche et préparé un petit sac de voyage. Devait-elle lui laisser une lettre ou laisser tout simplement Francis déduire qu'elle avait finalement décidé de prolonger le diner en passant le week-end chez ses parents ? En trouvant quelques affaires à elle en moins dans l'armoire de la chambre et dans celle de l'entrée, c'était évident ! Un vague sentiment de culpabilité poussa Cynthia vers la première option. De plus, considérant l'absence de jugeote et de maturité chez Francis, ce dernier en rentrant aurait été capable de penser qu'elle avait mis les voiles, gonflée à bloc de rancune.

Alors qu'elle savait que sa mère se réjouirait de voir le diner se prolonger d'une nuitée, elle appréhendait la réaction de son père.

« De toute façon, je n'ai jamais pu l'encadrer ce type ! » lui sortira-t-il au moment où sa mère déposera l'entrée sur la table. Durant tout le repas, il ressassera la liste des mises en garde, mille et une fois évoquées par le passé, et qui faisaient de lui un père soucieux du bonheur de sa fille unique, comme il aimait aussi régulièrement le rappeler.

— Bon sang ! Où avait-il foutu ce stylo ? râla-t-elle en fouillant une pile de factures à payer, prospectus publicitaires et autres papiers balancés dans une petite corbeille du meuble du vestibule.

Ensuite, ce fut au tour des tiroirs de la cuisine d'être éviscérés de ses doigts fiévreux. Elle se rappela le nombre de fois où elle s'était dit qu'un jour elle prendrait son courage à deux mains pour tout trier et ranger comme il se devait. Elle tomba sur un porte-clés-cadre photo, sans photo. Il y a quelques mois encore s'y trouvait celle de Léonardo Di Caprio. Elle était allée voir « Titanic », avait acheté le film, puis avait passé trois heures et demie chaque jour à regarder le DVD. Quand elle ne le regardait pas, elle était sur un forum de discussion à raconter combien le film était merveilleux. Francis l'avait vu une fois. Avec elle. Pour lui, le bateau a coulé. Di Caprio est mort. Fin du film. Quand Cynthia l'a connu, son chéri ne lisait pas. Enfin, si, il lisait *Vive le Foot !* et *Auto à Vendre,* deux magazines hautement littéraires.

Au tout début, elle le lui avait reproché. Il s'en était suivi une terrible dispute, mais il avait su la baratiner suffisamment pour qu'au final elle finisse par culpabiliser de vouloir le conformer à des attentes fantasques de petite fille nourrie aux contes de fées. « Le Prince charmant n'existe pas ! » avait-il fini par la convaincre.

— Bingo ! souffla Cynthia en découvrant un stylo à bille bleu accroché à une petite enveloppe mauve adressée à Francis.

Elle le saisit, ouvrit machinalement l'enveloppe, en tira un petit carton. Son cœur cessa tout à coup de battre. L'unique ligne d'écriture en lettres capitales qu'elle venait de déchiffrer l'immobilisa.

« JE SAIS CE QUE VOUS AVEZ FAIT ! »

C'était tout ! Pas de signature. Elle tourna l'enveloppe. Pas d'expéditeur non plus. Une lettre anonyme. Dans quoi Francis s'était-il fourré cette fois ? Était-ce parce que quelqu'un le faisait chanter qu'il avait tant de problèmes d'argent ? Mais qui ? Pourquoi ? Jamais il ne lui avait fait la moindre allusion. À bien y penser, que prouvait vraiment ce vulgaire bout de carton ! Rien.

Une déduction qui rassura brièvement Cynthia jusqu'à ce que son regard se pose sur un ticket de caisse froissé en boule. Les mains tremblantes, elle déplia le papier. Cette seconde trouvaille lui fit sentir ses jambes défaillir. In extrémis, elle se cramponna au bord de la table. Le cœur lui tambourinant violemment le thorax, elle se précipita dans la chambre. Éparpilla le contenu des trois tiroirs de la commode sur le plancher. Fouilla celui des étagères de l'armoire. Inspecta les poches des pantalons et des vestes de

Francis. Souleva le couvercle de la boîte à linges sales. Ouvrit les portes d'armoire de la salle de bain une à une. Rien.

– Oh, mon dieu Francis… pas toi ! Non… non… non… gémit Cynthia au bord de l'hystérie.

Elle s'assit au milieu du monticule de vêtements et relut les informations du ticket de caisse. Au-dessous du logo de la bijouterie de luxe *Le Diamant Bleu* était indiqué l'achat d'un bracelet pour femme d'une valeur de mille huit cent quatre-vingt-dix dollars, en date du jeudi 5 septembre. Date de leur anniversaire de mariage. Puis, juste en dessous encore, l'heure, 17 h 52.

Puisqu'il n'y avait aucune trace de ce bracelet nulle part et qu'il ne le lui avait pas offert. Cela signifiait donc que ce bijou ne lui était pas destiné.

La jeune femme se lança dans de multiples calculs d'emploi du temps confirmant, rejetant puis confirmant à nouveau l'affreuse possibilité. Comment son mari juste avant de la rejoindre au restaurant les mains vides avait-il pu commettre un achat aussi odieux ? Elle repensa au bout de carton. Francis avait une maîtresse. Une personne savait et le faisait chanter.

Cynthia se dit que Francis en quittant l'appartement hier en pleine nuit s'était donc réfugié chez sa belle. À tous les coups, une bimbo écervelée dans la vingtaine. Une croqueuse d'hommes mariés qui devait rire comme une imbécile toutes les deux secondes en lui faisant des mamours. Une allumeuse lui faisant croire qu'il était sorti de la cuisse dont on ne sait quelle divinité gréco-romaine ! Bref une Marie-couche-toi-là, qui l'avait accueillie à bras ouverts, le poignet orné du joli bracelet à mille huit cent quatre-vingt-dix dollars. Elle se trouva soudain si sotte de s'être fait un sang d'encre pour cet homme qui n'en valait pas la peine. Cet homme qui avait fait d'elle le dindon de la farce.

– Comment ai-je pu me laisser berner à ce point ?

Hors de question de prendre le risque de se retrouver face à lui, si l'idée lui prenait de rentrer ce matin. Face à ce minable, hypocrite, menteur et manipulateur. Elle réalisa aussi le désordre ambiant autour d'elle. Elle se releva d'un bond. Plia et remit les vêtements dans leur rangement respectif. Referma les tiroirs et les portes d'armoire. Il ne lui resta plus qu'à évaluer le sort qu'elle réserverait au carton et au ticket de caisse. Elle hésita un instant. Les remit finalement à leur place initiale.

Elle retourna à la salle de bain, se regarda dans le miroir. L'air livide, les yeux et le bout du nez rougis lui donnaient l'apparence d'une droguée. Elle ouvrit le robinet, se passa un peu d'eau froide sur le visage, puis se l'estompa avec la serviette à main.

Plus le temps de penser ! Il fallait fuir. Cynthia attrapa l'anse du sac de voyage et le balança sur son épaule. Mais au moment de tourner la poignée de la porte d'entrée, elle fit volte-face, se précipita vers la cuisine avant de quitter l'appartement enfin.

***

Debout devant le frigo, Germaine Dumoulin bâilla en se frottant sa petite bedaine. Elle s'était levée à sept heures moins le quart, comme tous les matins, pour sortir Praline pendant environ vingt minutes. Elle n'avait pas d'enfants à qui penser. Pas d'amant. Plus de mari. Seule sa petite chienne lui donnait l'impression de se sentir utile. En rentrant, elle lui avait garni sa gamelle de croquettes en forme d'os et rempli son bol d'eau fraîche. Le petit animal qui, comme tous les matins, avait vidé le tout en moins de trente secondes était en train de lécher le récipient vide depuis deux minutes. Au début, inquiète de voir sa chienne gober ainsi sa nourriture, elle avait téléphoné au vétérinaire qui lui avait conseillé d'augmenter la fréquence de la vermifugation. Mais quelques traitements plus tard, cela n'avait rien changé. Alors, il lui avait finalement dit, avant de raccrocher, d'arrêter de se mettre martel en tête, que l'on ne pouvait rien y faire, que c'était la race qui était comme ça, et que si elle tenait vraiment à être rassurée, il fallait qu'elle passe avec Praline au cabinet. Elle haïssait le côté désinvolte de son vétérinaire qui faisait qu'il aimait l'argent avant les bêtes.

Ce matin-là, Germaine avait faim. Elle fit frire dans une grande poêle deux œufs et trois fines tranches de bacon. Elle coupa une épaisse tranche de pain qu'elle posa à côté du grille-pain. Elle trouvait que la mie du pain du supermarché n'était pas aussi dense et bonne que celle de celui acheté à la boulangerie. Elle trouvait aussi qu'une fois qu'il sortait du grille-pain, il durcissait plus vite en refroidissant. Elle la ferait donc griller juste une minute avant que le tout soit prêt. Généralement, elle achetait son pain à la boulangerie un peu après midi. C'était assez calme, car les gens étaient partis déjeuner. Le principal était d'y aller bien sûr avant seize heures, heure à laquelle les mamans et les nounous débarquaient toutes en masse pour le goûter des enfants ! Mais voilà, hier elle s'était pointée à six heures et il restait plus que de la baguette viennoise. Et elle détestait la baguette viennoise. L'odeur de friture se mélangeant à celle du café qui coulait embaumait la cuisine. La journée s'annonçait bonne apparemment !

Elle alluma la radio, les informations venaient de laisser place à la lecture de l'horoscope. « Dans une minute, il sera sept heures trente ! Je laisse donc l'antenne à Elsa qui va vous faire découvrir votre horoscope de la journée… »

— Les astres ont intérêt à être bons avec moi aujourd'hui ! lança-t-elle.

« Bonjour, chers auditeurs et auditrices, alors on commence tout d'abord par nos amis les béliers. Bélier, vous laissez votre vie professionnelle prendre le dessus sur vos sentiments… »

Germaine Dumoulin était sur le point d'entamer sa première bouchée en attendant son signe, Poisson, lorsqu'un claquement de porte dans le couloir attira son attention.

Elle suspendit son geste, reposa la fourchette. Le petit bichon délaissa sa gamelle et trotta en direction de l'entrée en jappant.

— Oui, ma beauté, maman a entendu ! dit la vieille d'une voix basse en regardant l'affichage lumineux de l'heure du four et en fronçant les sourcils.

Elle traîna les pantoufles jusqu'au vestibule.

— À tous les coups, j'vais rater mon horoscope ! pensa la femme en approchant son visage de l'œilleton du judas.

Au même instant, de l'autre côté elle entendit : « J'en ai marre… marre ! »

Elle distingua les contours déformés d'une silhouette féminine devant l'ascenseur. Germaine Dumoulin entrouvrit la porte retenue par une chaînette afin d'identifier ladite silhouette.

— Bonjour madame Morel… tout va comme vous voulez ?

Cynthia essuya rapidement une larme qui coulait sur sa joue et répondit sans se retourner en maintenant une pression sur le bouton de l'ascenseur :

— Oh, euh oui… madame Dumoulin tout va bien, merci.

La vieille détacha la chaînette, ouvrit la porte en grand.

— Êtes-vous sûre, mon petit ? J'ai cru entendre une porte claquée…

Praline alla sentir Cynthia en lui reniflant les chaussures ainsi qu'un petit bagage en cuir marron déposé à ses pieds. Germaine Dumoulin regarda son chien et lui dit :

— Eh ! Praline, veux-tu bien laisser la dame tranquille ! Allez, viens ici ! … Tiens, vous partez en voyage ? se hasarda-t-elle à demander en lorgnant le sac.

Les portes de l'ascenseur s'ouvrirent. Cynthia entra et attendit que les portes se referment pour enfin se retourner.

— Ne t'inquiète pas ma Praline ! Nous aussi on va partir en voyage. Et peut-être même plus tôt que prévu, murmura-t-elle en refermant derrière elle dans un cliquetis de clé et en prenant soin aussi de bien remettre la chaînette.

Ce n'est que quelques minutes plus tard, balancée par le roulement du bus, que Cynthia abaissa la glissière du sac posé sur ses genoux. Entre un chandail rouge et sa trousse de toilette se trouvait la petite enveloppe mauve contenant le carton et le ticket de caisse…

À la descente du bus, Cynthia courut presque jusqu'à la bouche de métro et s'engloutit dans les entrailles de la ville. Comme la cohue habituelle des voyageurs parqués comme des bœufs dans un enclos pour l'abattoir, lui paraissait loin ! Elle expérimentait le métro un samedi matin tôt. Elle passa sa carte dans les portes électriques et parvint à s'introduire dans le premier wagon juste avant que les portes ne se referment. De son siège, elle se rendit compte qu'elle était la seule femme parmi sept hommes. Ce qui ne la rassura pas. Elle renifla et s'occupa à observer son reflet dans la vitre.

À chaque station, quasiment, le brouhaha bringuebalant du wagon s'arrêtait pour laisser descendre un homme et laisser monter un autre.

Était-elle la seule femme, dans cette ville fourmilière, à avoir démasqué en ce samedi matin la trahison de son volage de mari ? Et était-ce la solution de courir ventre à terre pleurer dans les jupes de sa maman à 31 ans !

Elle se sentait brisée, trompée, humiliée. Elle voulut avertir sa mère qu'elle arriverait plus tôt, mais le réseau passait mal. Dès qu'elle sortirait, elle l'appellerait. Puis, elle se renseignerait sur la paperasse administrative du divorce sur le net en arrivant. Divorce. Le mot était envisagé. Elle devait admettre que cela lui fichait la trouille. Elle avait vaguement lu une fois sur un forum que la procédure pouvait s'avérer longue, coûteuse et compliquée. D'autant plus qu'avec Francis, tout était toujours compliqué.

Un gars circulait de wagon en wagon pour quêter de l'argent, sans succès. Il lui rappela brièvement Francis.

Les portes s'ouvrirent sur un jeune homme qui vint s'asseoir sur le strapontin juste en face. Il s'agissait de l'un de ces voyous couverts de tatouages, un de ces faiseurs de bastons qui n'hésitent pas à sauter à la gorge au moindre regard de travers. Cynthia fixait l'individu lisser du bout des doigts sa crête de cheveux orange, en imaginant le nombre de pots de gel et de bombes de laque qu'il fallait utiliser chaque matin pour parvenir à faire tenir tout ça. Le jeune punk la fixa à son tour. Cynthia sursauta et reporta immédiatement son attention sur son sac posé sur ses genoux.

Encore un arrêt et elle pourra courir vers l'air libre.

En débarquant à la station, le jeune punk lui lança un : « You're so cute ! », ce qui encouragea Cynthia à emprunter le long couloir en accélérant le pas.

– C'est décidé ! Au retour, je prends les trois bus ! se promit la jeune femme en rallumant son cellulaire.

Il lui avait envoyé quatre textos depuis ce matin. Du bout de l'index, elle fit défiler l'historique :

– Francis : *7 h 48 - Tu m'en veux toujours ?*

– Francis : *7 h 57 - Appelle-moi, STP !*

– Francis : *8 h 03 - Je t'aime.*

– Francis : *8 h 12 - Bisous*

Il avait également tenté de l'appeler, deux fois. Les deux fois, il avait laissé s'enclencher la boîte vocale sans laisser de message. Cynthia sentit les larmes lui monter. Elle respira un grand coup, avant de reprendre sa course dans les rues de la banlieue.

***

« Arrête de te poser dix mille questions inutiles ! »

« Je t'assure, j'avais l'air tellement conne perchée sur mes douze centimètres de talons et comprimée comme une pute dans mon petit jean moulant. »

« Au moins, tu t'es enfin décidée à passer à l'action ! Je trouve ça plutôt positif ! Et puis ce n'est pas comme s'il t'avait mis un râteau le mec ! Puisqu'il n'était pas là »

« Ouais, je sais… tu as raison… »

« Pourquoi ne pas tout simplement l'inviter directement à prendre un verre ! Vu que tu ne bosses pas aujourd'hui. »

« Non, mais tu es folle ! On ne se connait même pas ! ...»

« Pff, tu n'avances que de mauvaises excuses… tu crois peut-être que tous ceux qui me draguent ou que je drague me connaissent depuis la maternelle ! ...»

« Moi, je veux juste que… »

« Que, quoi ? Attendre bien sagement que le prince charmant débarque dans ta vie en chevauchant une licorne pour t'épouser ? »

« Non… mais contrairement à toi, Camille, je ne suis pas formatée pour ce genre de truc ! Ça m'intimide, moi. Je le trouve trop beau, trop sexy… trop pas moi, quoi ! »

« Écoute Judith, on appelle ça se faire violence et prendre son courage à deux mains, ma belle ! Puisque tu n'arrives pas à aller vers lui, tu n'as qu'à le faire venir à toi ! »

« Comment ça ? ...»

« Bah, ils font bien la livraison Chez Grand-Maman, n'est-ce pas ? »

« Oui… oui, je crois… et ? »

« Bah, fais-toi livrer tout bêtement ! ...»

« Franchement, je suis incapable d'avaler quoi que ce soit tant j'ai l'estomac noué ! »

« Non, mais on s'en fiche que tu aies faim ou pas ! Puisque ce n'est pas pour manger que tu veux te faire livrer, mais pour le voir, pauvre nouille ! »

« Ouais ce n'est pas con… mais si ce n'est pas Aymeric qui se présente, je fais quoi moi ? »

« Je ne suis peut-être pas voyante, mais étant donné qu'il n'y a pas de service aux tables le week-end et que les autres employés sont cloués aux caisses ou en cuisine, que fait le serveur selon toi ? »

« Bah, il livre. »

« Alors sur cette brillante déduction je t'abandonne, car j'ai mon demi-litre de café qui m'attend ! Allez ciao bella ! Ah, et surtout, mets-y le paquet ! »

« En fait, je ne sais pas trop si… »

Et la ligne raccrocha avant que Judith n'eût le temps de finir sa phrase.

* * *

– Tiens ma Nini, voici un beau drap tout propre ! lança joyeusement la femme en le secouant d'un coup sec pour le déplier.

– C'est juste l'histoire d'une nuit maman, cela ne sert à rien ! balbutia Cynthia en regardant sa mère s'agiter dans tous les sens.

– Tu m'excuseras, mais je dormirais bien mieux cette nuit en sachant que ma fille couche dans un lit accueillant et douillet ! sourit la femme en rabattant uniformément le tissu plat sous le matelas. Ton père tenait absolument à convertir ta chambre en chambre d'amis. Pff, la rare visite que l'on a ne reste jamais à coucher. Mais bon, tu connais ton père ! On ne le refera pas ! lança-t-elle en tapotant les deux oreillers carrés.

Cynthia s'assit sur la chaise d'un petit bureau et observa sa mère replier une couverture horizontalement au pied du lit.

– Voilà une bonne couverture supplémentaire au cas où la nuit serait fraîche !

– Wow ! Vous avez même conservé le papier peint ! dit la jeune femme en écarquillant les yeux face à la tapisserie aux énormes spirales fluo qui recouvrait les murs… Oh, mais il est affreux ! J'avais vraiment des goûts de chiotte à l'époque ma parole ! sourit Cynthia.

– Dans les années 90, c'était plutôt tendance ! Et tu avais tellement insisté pour avoir ces motifs ! Tellement ! Tu te rappelles ?

– Je me souviens vaguement d'avoir un peu pleurniché au magasin…

– Un peu, tu dis ! Impossible de te faire décoller du rayon. Tu faisais barrage de ton corps dès qu'une personne témoignait un intérêt à l'acheter. Au final, le gérant nous a offert un rabais pour la dizaine de rouleaux à la seule condition que l'on quitte sur-le-champ le magasin en promettant de ne plus y remettre les pieds ! .... rit-elle en jetant la tête en arrière.

– Oh, alors j'étais déjà contrôlante à 9 ans, soupira Cynthia en baissant la tête.

La femme s'assit au bord du lit face à elle et encadra le visage de sa fille de ses mains.

– Ma chérie, regarde-moi ! Lorsque tu es arrivée ce matin avec trois heures d'avance, je t'ai accueillie sans te poser de questions. Mon cœur de mère sent que quelque chose ne va pas. Donc, pleure un bon coup et lorsque tu sentiras le besoin de te confier je serai là…

– C'est juste une nuit. Juste le temps d'y voir plus clair, articula la jeune femme, les lèvres tremblantes.

— Est-ce moi ou toi que tu essaies de convaincre ? On ne voit pas plus clair en une nuit. Notre cerveau voit en un éclair ce que notre cœur prendra plusieurs nuits à pleurer.

— Oh, maman… J'aimerais tant avoir ta sérénité. Tu trouves toujours les mots justes, souffla Cynthia en s'écroulant en larmes dans les bras de la femme qui se contenta de lui caresser sa chevelure.

Puis, elle se leva et une main sur le bouton de la porte, elle lui chuchota :

— Que penserais-tu d'une petite partie de Monopoly après le repas, tous les trois comme avant ! Je te préviens, ton père triche toujours autant…

— Merci maman…

— Allez, repose-toi un peu ! Tu en as besoin…

Cynthia obéit, s'allongea sur le lit, reconnaissante d'avoir des parents aimants.

***

Plaquée contre l'un des murs de la chambre numéro 3 du motel Aux deux frangines, elle se laissa déguster. Ses lèvres brûlantes baisaient ses joues creuses puis sa gorge blanche qu'elle lui offrait. Il s'improvisa vampire et couvrit sa jugulaire de succions. Ses mains pétrissaient sa chair flasque, l'une d'elles fouilla sous son chandail, lui attrapa le premier sein puis le deuxième et elle sentit ses tétons durcis rouler entre ses doigts experts. Elle sentait, pressé contre elle, son sexe dur comme une barre. L'excitation la brûla viscéralement lorsque, agenouillé, il lui baisa rageusement le ventre puis lui chatouilla le nombril de la pointe de sa langue. Il arracha avec les dents le morceau triangulaire de satin bleu qui dissimulait l'oasis de délices, fraîchement épilé la veille au format ticket de métro. La souleva à bout de bras jusqu'au rebord du lit et enfouit son visage entre ses cuisses chaudes. Son corps devint un bouillant réceptacle à l'amour. Elle agrippa son étalon sauvage par sa crinière brune pour lui offrir généreusement le nectar qu'elle émanait. Par petites aspirations du clitoris enfoui dans sa bouche, il s'en abreuva. Cambrée, elle échappa un cri comparable au couinement saccadé d'un petit animal pris au piège d'un braconnier. Elle voulut porter la main sur sa bouche pour l'étouffer, mais un autre, plus rauque cette fois, suivit brusquement. Ses lèvres et la base de son vagin se contractèrent brutalement. Un plaisir intense et foudroyant. L'orgasme. « Alors c'était donc cela "orgasmer" ! Comme elle aimait ça ! » se dit la femme en s'abandonnant dans la chaleur des draps.

— Satisfaite ? lança-t-il soudain en plongeant ses grands yeux noisette dans les siens.

— Ça en a l'air, non ? Quand j'étais gamine, notre voisine avait un gros labrador beige. Mon père ne voulait pas qu'on ait d'animaux à la maison, pas même un poisson rouge, t'imagines ! Il disait qu'avoir une gosse c'était déjà bien assez de contraintes pour y ajouter celles d'un animal. Alors les fois où je le croisais dans la rue, j'en profitais pour m'amuser un peu avec. Il posait ses deux pattes avant sur mes épaules, comme pour me saluer, et plongeait ses yeux marron et ronds comme des billes dans les miens. Tiens ! Un peu comme tu l'fais là ! Pff, quelle nigaude, je suis ! Comme si cela pouvait t'intéresser ! Je suis persuadée que tu as cauchemardé la veille de cette rencontre à l'idée de te taper une vieille de cinquante-huit balais ! Elle colla lascivement sa nudité flétrie et encore rosit de l'émotion sur la sienne.

Machinalement, il suivit du bout de l'index les courbes délicates des veines de sa main qu'il pressa contre ses lèvres en guise de réponse.

— Oh, toi… toi… Bel et formidable, toi ! Tu me chambardes de l'intérieur. Avec toi, je vais de surprise en surprise ! Hmmm et c'est si bon ! murmurait-elle à son oreille en mordillant le lobe au passage.

Détournant le regard, il porta ridiculement son attention sur la trace d'un ancien meuble sur le papier peint jauni du mur d'en face.

– Si la situation t'incommode tant, tu n'as qu'à la quitter… quitte-la ! Prends tes affaires, quitte ta femme. C'est plutôt grand chez moi ! Beaucoup plus coquet que cette minable chambre d'hôtel bon marché ! lâcha-t-elle comme si elle voulut lui lancer une balle en plein cœur.

Il lui lissa l'une de ses boucles grises en l'entortillant autour de son doigt, la coinça derrière son oreille puis s'appuya sur son avant-bras.

– Non, mais tu plaisantes ou quoi ? Hors de question de quitter ma femme ! Je l'aime ! Je ne suis pas venu ici par choix, mais bien parce que tu me tiens par les couilles ! Au sens figuré, j'entends…

– À qui la faute ! Tu fais moins la fine bouche lorsque tu encaisses mes billets. Alors, tes états d'âme, moi, tu sais…

– Jamais je n'aurais dû accepter. Je me sens comme pris dans un engrenage infernal, pieds et mains liés ! Déjà, qu'il a fallu user d'un stratagème de dernière minute pour assouvir ton caprice de passer une nuit entière ensemble…

– Bah, j'estime que j'en ai eu pour mon argent, je trouve ! Il faudrait d'ailleurs que l'on remette ça plus souvent ! lâcha la femme en ayant l'air de se délecter de ses propres paroles.

– Quoi ? Mais… nous avions convenu que cette nuit scellait la fin de l'entente, non ! répondit l'homme en secouant la tête et détournant le regard de son interlocutrice.

– Oh, jeune homme, sentirais-je un vent de rébellion ? Je décide. Tu exécutes. Notre accord prendra fin uniquement lorsqu'il ne me conviendra plus ?

– Ce sont des menaces ! Je suis quoi exactement ? Une marionnette en chiffon que tu manipules à ta guise !

— Non, tu es mon oasis de verdure ! Ma fontaine de Jouvence ! Je suis folle de toi ! Folle de toi depuis le premier jour où je me suis présentée à ton bureau !

Avant ça, ils avaient fait l'amour. Deux fois. Il avait pris possession de son corps. Deux fois. S'engouffrant avec effervescence dans son intimité humide et molle. Encore et encore… et encore… et encore. Elle avait aimé ça, les deux fois. La première fois, elle n'avait pas joui. Non. Elle lui avait souri maladroitement, d'un air de s'excuser : « Désolée de n'avoir pas joui, merci quand même. »

C'est alors qu'au moment de partir, il s'était jeté sur elle pour lui offrir cette autre chance. À présent que l'excitation s'était enfuie, vaporeuse, de son corps rassasié, à présent qu'elle se réveillait face au sérieux d'une réalité à laquelle il ne savait quoi répondre, voilà qu'il la fixait presque avec dégoût comme s'il la trouvait tout à coup incroyablement laide avec sa peau laiteuse et ridée. Manifestement indigne de l'avalanche de plaisirs ardents dont il lui avait fait don.

Brisant le silence, il lui siffla à l'oreille comme une obscénité :

— Oui, en effet c'est le mot juste ! Folle. Tu n'es qu'une espèce de vieille folle ! vomit-il soudain.

— Une vieille folle que tu viens de baiser avec beaucoup d'entrain en tout cas ! susurra la femme en étirant les lèvres à la recherche d'un baiser.

— Parce que tu crois vraiment que j'ai aimé ça ! Sais-tu ce que je dois faire une heure avant de te voir ? Eh bien, je suis obligé de me farcir un cacheton de viagra ! Même avec ça j'ai du mal à bander !

Elle bondit hors du lit, quittant violemment la tiédeur paisible des draps froissés, comme si elle voulut s'empresser de revêtir ses vêtements pour foutre le camp. Mais les doigts tremblants de l'homme se refermèrent aussitôt au-dessus de la robe, comme s'il voulut la priver de cet habit qui signerait son départ immédiat.

Plantant ses yeux inondés de larmes dans les siens, elle s'effondra au pied du lit.

— C'est monstrueux ce que tu viens dire ! Tu me mets au pilori... tu dis aimer ta femme, mais c'est toi le fautif ! Toi le monstre ! Toi et toi seul qui as accepté de t'envoyer en l'air avec moi pour éponger tes dettes ! Tu m'es redevable ! Tu m'appartiens ! Et j'obtiens toujours ce que je veux ! Toujours ! mitrailla-t-elle à la manière d'une folle, alternant, rires et pleurs.

— Alors quand comptes-tu me filer le restant du pognon ? Il reste grosso modo encore vingt-trois mille ! ....

La femme soupira, s'assit au bord du lit puis se prit la tête entre les mains avant de partir en sanglots.

— J'ai été stupide d'espérer que notre relation allait au-delà de vulgaires bouts de papier !

— Une relation ? Tu m'as transformé en gigolo. Ton gigolo ! C'est la seule et unique relation que je vois...

La femme se leva. Elle se dirigea nue vers l'entrée où quelques heures plus tôt elle avait balancé son sac à main sous le feu de la passion.

Elle sortit une enveloppe blanche et lança sur le lit.

— Tiens, voilà 3 000$!

— 3 000$! Seulement ! Mais... je... je...

— J'espère que ça stimulera ta libido ! La prochaine fois, si tu es moins réticent à vouloir te libérer, tu en auras plus !

— J'ai l'impression d'avoir signé un pacte démoniaque avec toi ! Que tu ne me laisseras jamais tranquille !

— Je te l'ai dit... Ce que je veux, c'est toi !

Sur ces mots, elle se réfugia dans la salle de bain.

— Au passage, je te rappelle qu'il faut libérer la chambre avant 11 h, répondit-elle en ressortant quelques minutes après, douchée et habillée, en lui envoyant un baiser de la main.

L'homme allongé sur le dos, un bras croisé sur l'oreiller, tira une bouffée sur sa cigarette puis lança à la porte de la chambre numéro 3 qui venait de se refermer.

– Tu as oublié ton cadeau ! en tendant un petit écrin en velours bleu contenant un bracelet.

***

Il n'était pas tout à fait 11 h 30 quand on sonna à l'interphone. Elle s'était imaginé une cinquantaine de scénarios et sentait que le niveau de son trouillomètre battait des records.

Entre dévaler les escaliers pour l'accueillir en bas en terrain neutre ou le faire monter jusqu'à elle, telle une araignée patientant de capturer passivement dans sa toile un insecte, Judith avait choisi la deuxième option.

« Oui, c'est Aymeric pour la commande de Chez Grand-Maman ! »

« Troisième étage, première porte à droite en sortant de l'ascenseur ! » récita la jeune femme dans un timbre de voix qu'elle voulut le plus suave possible.

« Parfait ! »

« Oui, c'est parfait ! »

« Euh. vous m'ouvrez ? »

« Oui, je suis ouverte ! » déclara Judith en pressant le bouton d'ouverture de la porte et en se frappant le front de la main en réalisant l'idiotie de sa réponse.

– Oh, bonjour… vous êtes Judith ?

– Oui, souffla la femme plantée dans l'encadrement de la porte en short et caraco, les cheveux lâchés et la tête penchée sur le côté façon Ingrid Bergman.

— Bon, alors voici votre commande, une petite pizza végétarienne, un fondant-choco et un coca light !

— Oui, poursuivit la femme dans une intonation encore plus sensuelle que celle utilisée pour répondre à l'interphone.

Elle récupéra la boîte cartonnée blanche, la déposa sur le meuble d'entrée et reporta son attention sur le jeune homme qui attendait le paiement.

— On se connait, non ? risqua l'homme en plissant les yeux.

— Ah bon ? Je ne crois pas non, répondit aussitôt Judith en faisant mine de sonder sa mémoire.

— Si, si… je vous vois souvent au restaurant avec vos amies…

— Ah, oui ? Il m'arrive parfois d'y aller en effet, mais je ne vous avais pas du tout remarqué, désolée, répondit-elle d'un air détaché en fouillant dans son porte-monnaie.

— Ah… dommage… vu la fréquence de vos visites, j'en avais même déduit que vos amies et vous deviez travailler dans le coin, je me trompe ?

— Euh non, on travaille dans l'édifice juste à côté…

— Ah cool, on est proche du coup ! Un jour, j'ai voulu vous saluer, mais vous avez détourné le regard.

— Ah bon ! C'est vrai ? Quand ça ? .... mitrailla la femme au bord de l'explosion de joie.

— Avant-hier, je crois bien… je me suis dit que vous étiez peut-être timide ou alors que je n'étais pas votre genre ou pire que vous aviez déjà un copain… sourit l'homme en soutenant son regard.

— Non, non, je suis libre comme l'air… Vous m'aviez remarquée ? Moi ?

— Oh oui… depuis plusieurs semaines, mais je n'ai jamais osé vous aborder. Je sais que cela ne se voit pas trop, mais en réalité j'ai tendance à être un peu timide avec les jolies femmes ! déclara le jeune homme en se grattant l'arrière du crâne.

Judith, bouche bée, tendit le billet de vingt en lâchant un inaudible :

– Gardez la monnaie…

– Merci, c'est gentil ! Bah, on se dit à la prochaine, alors ! Et faites bien attention au verso du ticket de caisse ! lança le jeune homme en disparaissant derrière la porte des escaliers.

Une minute plus tard, Judith exulta de joie au beau milieu du salon en chantonnant : « Aymeric a aussi flashé sur moi ! Yeah ! Il me trouve jolie ! Yeah ! Les esprits ont raison ! Mama Phara l'avait prédit ! Yeah ! »

Puis elle se précipita sur son cellulaire. Au bout de la deuxième sonnerie, on décrocha.

« Allo Camille ! … Ça y est, je l'ai fait, je l'ai fait ! »

« Non ? Vous avez déjà couché ensemble ! »

« … Oh, mais non, voyons ! Aymeric vient de me livrer ma pizza végé ! »

« Ouais et ? »

« … et il a dit qu'il m'avait remarqué lui aussi ! Tiens-toi bien ! Il a dit qu'il me trouvait jolie ! Il m'a filé son numéro sans que je lui demande ! »

« Ah ouais ! C'est cool ! Il te l'a noté, du genre je me la joue mec intéressé, mec détaché ou dragueur bien lourd du style chez toi ou chez moi ? »

« Bah, euh… j'sais pas trop… en fait, je me suis aperçu qu'il l'avait déjà écrit sur le ticket de livraison une fois parti… »

« Oh… ce genre-là ! Hum… »

« Ça veut dire quoi : Hmm ? C'est bon signe ou pas ? »

« Bah… le gars vient livrer une cliente qu'il ne connaît pas, mais il a d'avance griffonné son numéro de cell sur le ticket de livraison ! Là, je te dirais qu'il y a une couille dans le pâté ou je ne m'y connais pas ! »

« Pff ! Tu n'y comprends rien… et puis si tu avais vu la manière dont il me regardait, c'était magique ! »

« Si tu le dis ! »

« Bon, je te laisse ! J'ai ma pizza qui refroidit et je meurs de faim ! Salut ! »

Judith, avachie dans son canapé, le contenant tiède de pizza ouvert sur les cuisses, contemplait la série de dix numéros sur le ticket de livraison.

« Oh, Camille, tu m'agaces à me bousiller mon trip ! » hurlait-elle intérieurement en réalisant que l'enthousiasme l'avait aveuglée au point d'avoir trouvé naturel qu'il lui glisse sur la boîte de pizza un ticket portant au préalable son numéro perso.

Soit, il s'agissait de sa tactique habituelle de drague. Soit, il avait, lui aussi, consulté Mama Phara qui lui avait prédit de donner son numéro de téléphone à une cliente vêtue en short et caraco à qui il livrerait une pizza végétarienne et un fondant au chocolat ce samedi à 11 h 30.

Elle fit la moue. Mordilla un bout de la pizza devenue froide. Fit de nouveau la moue. Se leva. Ouvrit la porte du frigo et y déposa la boîte. Chiffonna le ticket de caisse et le jeta dans la poubelle.

Juste avant de retourner sur le canapé pour s'effondrer en larmes.

***

« Douze heures pétantes ! Réglée comme une bonne vieille horloge suisse ! »

« C'est ce qui fait ma réputation ! »

« Bon, parlons peu, parlons bien ! Je vous écoute Jack, et surtout faites-moi plaisir ! »

« J'ai du nouveau au sujet de la lettre et de la photo que votre femme a reçu anonymement. À trois heures quarante-sept de l'après-midi, le système de caméra de surveillance de votre voisin d'en face à capter un gars en jogging et casquette glisser une enveloppe dans votre boîte aux lettres. »

« Mis à part sa tenue vestimentaire, qu'avez-vous comme autres éléments ? ...»

« Ben, j'ai eu beau visionner et visionner la bande… il y a quelque chose qui me chiffonne dans l'allure du mec… comme s'il s'agissait en réalité d'une femme…

« Pourrez-vous l'identifier ? ...»

« Va falloir que la résolution soit suffisante pour que la capture soit nette ! Passez la bande dans l'application logicielle et après ça je vous enverrai les séquences des images en gros plans par mail ! »

« Parfait ! Et pour Devernier, ça donne quoi ? J'ai hâte d'en finir une bonne fois pour toutes avec lui ! »

« Alors là ! J'ai du lourd ! Vous le recevrez également par mail… et vous serez loin d'être déçu, c'est moi qui vous le dis ! »

« Mais je n'en ai jamais douté, mon vieux Jack ! Je n'en ai jamais douté… »

* * *

— Je vais me faire me tatouer ! J'ai rendez-vous mardi à 10 h ! envoya la femme de 62 ans en déposant le moule à tarte sur la table.

Son mari manquant de s'étouffer avec son bout de pain répliqua :

— Non, mais c'est une blague ou quoi ! Tu sais très bien que je déteste les tatouages !

Même Cynthia qui depuis le début du repas mâchait en silence, la gorge serrée par le chagrin, lâcha sa fourchette.

— Tu es sérieuse, maman ?

— Tout ce qu'il y a de plus sérieuse ! D'ailleurs, j'ai déjà même choisi le dessin ! Ce sera un chaton noir et blanc sur l'épaule !

— À ton âge ! Ta mère a perdu la tête ! Et après c'est moi qu'elle traite de vieux sénile !

— Oui effectivement et ta réaction confirme que c'est bien ce que tu es, un vieux sénile ! sourit la femme en tapotant tendrement la main de l'homme dont la rougeur du visage ne cessait de s'accentuer.

— Et pourquoi un chat ? demanda Cynthia.

— J'ai toujours adoré les chats ! Mais avec ton père ce n'est pas possible vu qu'il en est allergique !

— Tu sais que c'est très douloureux !

— Ne t'inquiète pas pour cela, le tatoueur m'a confirmé que l'épaule était la zone du corps la moins sensible ! Parait-il qu'il y aurait plus de peau ou je ne sais plus trop quoi…

Cynthia regarda sa mère et l'espace d'un instant hésita entre la féliciter d'une telle audace ou de s'allier à son père pour la dissuader.

La femme enfonça délicatement la lame du couteau dans le fondant des pommes caramélisées de la tarte et en coupa trois parts. Une bonne odeur de pommes chaudes et de cannelle se dégagea instantanément.

— On me dit souvent que je ne fais pas mon âge, alors ! ajouta-t-elle.

— Alors tu t'es dit parfait, je vais jouer à fond la carte de la midinette ! C'est ridicule ! …

— Oh, là, là, tout un drame pour un simple tatouage de cinq centimètres, relativisa la femme en répartissant chacune des parts dans une assiette.

Au passage, elle fit un petit clin d'œil à sa fille en lui souriant.

– Moi, perso, si cela te fait plaisir à toi maman, eh bien c'est le plus important ! conclut Cynthia en enfournant un morceau tiède et en fermant les yeux pour en décupler l'appréciation de la saveur.

– Mmmm… Miam… encore meilleur que dans mes souvenirs ! Tu es la championne de la tarte aux pommes maman chérie ! Hein, papa ?

– Mouais… reconnut du bout des lèvres l'homme qui avait déjà quasiment vidé son assiette et qui s'entêtait à conserver son air bougon sous l'air amusé de sa femme.

Cynthia se sentit soudain le cœur léger et dans un élan révéla :

– Je pense que Francis me trompe ! Je suis malheureuse ! Je crois que je veux divorcer ! débita Cynthia d'une traite… Bon ! Puisque j'ai crevé l'abcès, je reprendrais bien une deuxième part de tarte, maman ! poursuit-elle en tendant une petite assiette à dessert à sa mère.

* * *

« Hey, salut ma belle Léa ! Comment vas-tu ? »

« Oh, ça va, ça va… je profitais de finir le lavage avant le retour de Tom. Son père le ramène pour la semaine à quatorze heures ! Et toi quoi de neuf ? »

« Bah, rien de spécial. Moi, ma corvée de lavage en général c'est le dimanche ou le jeudi ! Ça dépend ! Mais pas plus de trois par mois ! »

« Oh, tu sais, personnellement je reporte la même tenue tant qu'elle n'est pas tachée ou qu'il n'y a pas d'odeur de transpiration. J'essaie de faire pareil avec Tom ! Mais bon, à 5 ans, un enfant se salit toutes les dix minutes ! Ça m'a vachement réduit le nombre de machines à laver ! En prime, c'est écologique ! ...»

« Ouais, vue sous cet angle, en effet, tu as raison ! Sinon, euh… tu l'as appelé Mama Phara ? »

« Oui… oui… mais figure-toi qu'elle n'avait pas de dispo avant deux mois ! Deux mois ! C'est long, non ? ...»

« Estime-toi heureuse, car moi ça m'en avait pris trois ! »

« Remarque l'aspect positif, c'est que cela me laisse le temps de le budgéter ! »

« Sinon, savais-tu que Chez Grand-Maman offre une méga promo en ce moment ? Il y a moins dix pour cent sur toutes les livraisons ! C'est chouette, non ! ...»

« Ouais… »

« Tu m'avais bien dit que Tom adorait leur pizza, non ? ...»

« Oui c'est vrai, mais j'ai le congélateur rempli de petits plats que j'ai préparés en grande quantité durant la semaine. C'est nettement plus économique ! Le soir, quel gain de temps phénoménal ! Déjà, que le matin c'est toujours la course ! »

« Niveau organisation, pour la semaine c'est le top ! Mais on est samedi aujourd'hui ! Cela ne te dirait pas de lui faire une petite surprise à Tom ? Je suis sûre qu'il serait content ! »

« Non, ça ira. Ce soir au menu, c'est spaghetti sauce bolognaise ! Il en raffole ! ...»

« Oui… mais tu pourrais tout aussi bien te faire livrer une pizza que vous mangeriez le lendemain ! Tu la réchauffes juste cinq petites minutes au four et elle est aussi croustillante que la veille ! Alors qu'en penses-tu ? Une bonne idée, non ? »

« J'en pense que je n'ai pas l'intention de me faire livrer une pizza ! »

« Pourquoi pas ? Juste une pizza, ce n'est pas la fin du monde ! Léa, s'il te plaît… »

« Ben, parce que ! .... C'est tout ! Pourquoi insistes-tu autant pour que je me fasse livrer une pizza d'abord ? »

« Il ne s'agit pas de n'importe quelle pizza ! C'est une pizza de Chez Grand-Maman ! »

« Bah, vas-y toi ! Fais-toi en livrer une ! »

« C'est déjà fait ! Je ne vais tout de même pas me faire livrer une deuxième fois dans la même journée ! Ça va lui paraître louche ! »

« Qui ça lui ? ... Oh... je crois que je commence à comprendre ! C'est au sujet de... c'est quoi son prénom déjà ? »

« ... Aymeric ! »

« Oui voilà, le fameux Aymeric... En quoi serait-il fondamental que je me fasse livrer ? Elle est où la logique là-dedans ? »

« Ne cherche pas Léa ! Ce serait trop long à expliquer... Acceptes-tu de te faire livrer oui ou non ? »

« Désolée, mais tant que tu ne me donneras pas de raison valable, je.... Oh ! ... On vient de sonner. C'est sûrement Tom ! Allez, je te laisse ! On se reparle ! Bye ! »

« ... mais... », bredouilla Judith juste avant que Léa raccroche.

— Non, non, non, je dois savoir ! gémit la jeune femme en étouffant ses paroles dans son oreiller.

Bien que cette histoire de numéro déjà inscrit sonnait suspecte, elle ne pouvait croire qu'il s'amusait à distribuer son numéro à toutes les nanas du quartier. Judith, convaincue de la sincère spontanéité du jeune homme, avait cru même entrevoir, à un moment, une lueur dans son regard. Comme une étincelle. Celle du coup de foudre. Il ne pouvait en être autrement.

Elle se rassit au bord du lit, respira profondément, puis téléphona de nouveau.

« Ouais ! »

« Camille ? C'est moi, Judith. »

« ... Hmm, j'ai l'afficheur, je te rappelle ! ...»

« Je te dérange là ? »

« Bof, je me vernis les ongles des pieds, j'ai un rencard avec Philippe dans une heure… pourquoi ? »

« Oh, donc d'ici une heure tu ne seras plus chez toi ? »

« Pourquoi ? Tu as un problème ? Attends, deux secondes je te mets sur mains libres ! Vas-y, c'est bon, je t'écoute ! »

« Bah, tu sais, c'est à propos d'Aymeric… »

« Voilà, nous y sommes ! »

« Ben, je n'arrête pas d'y penser et j'ai besoin d'en avoir le cœur net ! »

« À propos de ? »

« Il faut que je sache s'il se comporte de la même manière avec toutes les clientes qu'il livre. »

« Oh, non… alors là, je te le dis tout de suite, je n'aurai pas le temps ! Je me barre de chez moi dans exactement 57 minutes, montre en main ! »

« S'il te plaît ! Je t'en prie… allez fais-le pour moi ! Juste une petite livraison, vite fait… et promis, je te rembourse ! »

« Pourquoi ne demandes-tu pas à Léa ? Elle habite plus près de Chez Grand-Maman en plus ! »

« Je viens de l'appeler et elle ne pouvait pas. »

« Pourquoi ne pouvait-elle pas ? »

« Bah, parce qu'elle était occupée ! »

« Bah, moi non plus je ne peux pas ! Moi aussi je suis occupée, ma belle ! »

« Allez, s'il te plaît !! C'est pour la bonne cause ! Pitié ! … En plus de te rembourser la livraison, je te paie une semaine de desserts à la cafeteria. »

« PFF !!! … T'es chiante, hein ! Bon alors on dit le remboursement de la livraison et une semaine de desserts chez GRANDMAMAN ! »

« Hein, ça commence à chiffrer là ! Leurs pâtisseries coûtent le double du prix ! »

« Ben… quand on aime, on ne compte pas ! Et puis on parle peut-être de ton futur mari là ma belle ! »

« … bon, OK c'est d'accord ! Donc, tu appelles directement dès qu'on raccroche, hein ? Tu promets ? »

« … oui, promis ! J'espère qu'ils sont du genre rapide ! Bon c'est quoi le numéro ? »

« Tu le trouveras sur internet ! »

« Ah, parce qu'en plus il faut que je me farcisse une recherche Google ! »

« Bon d'accord, je te l'envoie par texto ! »

« OK, je te fais un débriefing après ! … Bye ! »

***

Ces quelques heures chez ses parents lui avaient permis de réinjecter à son esprit une bonne dose de vitamines. Finalement, soutenue par l'amour indéfectible des siens, elle s'était ressaisie en jugeant qu'il valait mieux rentrer et affronter Francis. Provoquer le dialogue. Entendre de la bouche de ce dernier ce qu'il en était vraiment en le regardant droit dans les yeux. Elle avait besoin de savoir si elle devait s'attarder ou non au sauvetage de son couple ou plutôt sur la nouvelle vie qu'elle construirait dorénavant sans lui.

À l'entrée du hall de l'immeuble, son cœur battit à tout rompre lorsque son regard se posa sur elle. La mobylette. La mobylette bleue du feu rouge. Celle d'Aymeric.

– Je vais finir par croire en ma bonne étoile ! lança le jeune homme accroupi à l'attention de Cynthia en attachant l'antivol sur la roue avant.

Il se leva au ralenti, arborant le même magnifique sourire que la fois dernière au feu rouge.

— Donc, vous habitez ici ? L'immeuble à l'air sympa ! Je viens faire une livraison ! poursuivit-il en pointant de l'index l'écusson du logo de Chez Grand-Maman cousu sur le haut de la manche de sa veste. Oh… au fait… désolé ! Moi, c'est Aymeric en passant ! envoya l'homme en tendant une main franche vers elle.

Un petit « Cynthia » triste et hésitant franchit ses lèvres. Ne sachant pas trop non plus si elle devait répondre favorablement au geste.

— Enchanté Cynthia ! Au discret parfum de pommes caramélisées, entonna-t-il en ayant l'air de lui trouver son air réservé adorable.

— Pardon ? interrogea la femme en réalisant aussitôt qu'il se référait à l'odeur émanant du sac qu'elle portait en bandoulière sur son épaule et qui protégeait le restant de tarte aux pommes emballé dans du papier aluminium.

— Oh… Euh, oui… de la tarte aux pommes… spécialité de ma maman, réagit-elle comme une petite fille en agitant le sac d'une petite secousse.

Il lui sourit, délesta une grosse sacoche de livraison isotherme d'une boîte cartonnée beige et pressa une touche du clavier de l'interphone.

— Voulez-vous en profiter ? proposa Cynthia en maintenant ouverte la porte du hall de la résidence.

— Oh, merci, c'est gentil… mais je m'assure toujours que le client est bien présent. Cela m'évite de grimper des étages pour rien ! répondit-il en activant à nouveau l'appel… mais vous pouvez toujours me tenir compagnie si vous voulez !

Cynthia se sentit rougir et reporta son attention sur un bout du papier aluminium brillant qui dépassait du sac. Intérieurement, elle se félicita d'avoir couru pour attraper le deuxième bus. Sans quoi elle ne l'aurait pas croisé. Une synchronisation à la minute près.

Le jeune homme cette fois attarda son doigt plus longtemps sur le bouton. Puis, il souffla en secouant la tête.

– J'espère qu'il ne s'agit pas d'un canular, lança-t-il en redéposant la boîte dans la sacoche et en fouillant ses poches. Il sortit un boitier électronique, tapota, recula de quelques pas, lut le numéro surplombant la porte de la bâtisse et regarda à nouveau l'écran.

– C'est pourtant bien la bonne adresse !

– Ça existe encore ça le coup de la commande à la fausse adresse ?

– Généralement il y a un pic pendant la période des congés scolaires et des week-ends ! Faut bien que les gosses s'amusent. Il y a des familles avec enfants dans votre immeuble ?

– Pas à ma connaissance, non ! s'empressa-t-elle de répondre en imaginant très bien à l'instant même les trois chenapans de Madame Santiago piaffer de rire de leur mauvais tour dans leur chambre.

– Oh, mais où ai-je bien pu ? Il fouilla une à une ses poches intérieures et extérieures, la sacoche isotherme… C'est dingue… mais où est-ce que…

– Vous avez égaré quelque chose ?

– Mon téléphone, impossible de remettre la main dessus, je l'avais pourtant… l'homme réitéra le circuit de fouilles… pourriez-vous me rendre un petit service Cynthia ?

– Euh oui bien sûr ! se hasarda-t-elle.

– Il faudrait que vous le fassiez sonner ! Je dois impérativement respecter la procédure et appeler le client avant d'annuler la livraison… s'il vous plaît…

Cynthia plongea la main dans son sac. Ses doigts s'arrêtèrent brusquement sur l'enveloppe contenant le bout de carton et le ticket de caisse du bracelet. Elle eut un raclement de gorge.

— Loin de moi l'envie de vous importuner, vous savez, ajouta l'homme en devinant un léger malaise.

— Non, non, ça va… ça va… rassura Cynthia en sortant son cellulaire et en pianotant les chiffres que l'homme lui dictait.

Il y eut comme un faible cri d'animal venant du sol, juste à côté de la roue avant de la mobylette. L'homme se pencha, le ramassa et le brandit fièrement. Cynthia identifia le cri et partit à rire.

— Il a dû glisser lorsque j'installais l'antivol…

— Oh, la sonnerie est drôlement originale ! On aurait dit le chant d'un coq… enroué ! C'est bien ça ? C'est quoi comme application ?

— Elle est hyper facile à télécharger ! Et en plus, c'est gratuit ! Je peux vous envoyer le lien si vous le souhaitez ! Maintenant que j'ai votre numéro ! sourit-il en lui faisant un clin d'œil et en composant le numéro du client.

Forçant son cerveau à reprendre un brin de lucidité, elle réalisa qu'en effet son numéro devait apparaître à présent dans sa liste d'appel. Et qu'elle avait d'ailleurs également le sien.

— Et qu'allez-vous faire de la commande dans le cas où il n'y aurait personne ? s'intéressa-t-elle en faisant mine de ne pas relever sa remarque et en réalité ravie que ni un voisin ni la concierge ne vienne entraver leur « moment ».

— Bah, soit je la ramène, soit je la donne à un itinérant ou… Ben tiens, ça vous dit une pizza quatre fromages gratuite ? lui proposa le jeune homme en lui souriant et en soutenant son regard avec une intensité qui la déstabilisa davantage. Cynthia déclina l'offre en secouant la tête.

— Oh, vous n'aimez pas le fromage ?

– … non… enfin si, si j'aime le fromage… enfin je veux dire que non ce n'est pas à cause de cela…

– À cause de quoi, dans ce cas ? questionna l'homme en s'approchant un peu plus.

Cynthia resta muette et se surprit à le comparer à Francis. Aymeric était drôle, charmant et plutôt mature contrairement aux jeunes de son âge. D'ailleurs quel âge avait-il ? Elle aurait dit vingt, peut-être vingt-deux.

Tout à coup, Cynthia recula. Elle l'entendit encore lui dire « Excusez-moi… je… vous devriez rentrer chez vous ! » Elle avait tourné les talons et s'en était allée. Au bout d'une minute, elle s'était retournée et avait deviné sa silhouette floutée par ses larmes. Des larmes de confusion.

Quand elle rentra dans l'appartement à 15 h 10, tout était calme. Elle alla dans la chambre, rangea ses affaires. Elle fit un tour par la salle de bain et déposa sa brosse à dents rouge dans le gobelet à côté de la verte. Celle de Francis. Puis sa trousse à maquillage sur l'étagère au-dessus du robinet. Elle se regarda dans le miroir et se flatta devant le rosé de son teint.

Quelques minutes avant, Aymeric avait déposé ses lèvres sur les siennes. Puis s'en était excusé. Elle était restée plantée comme une conne. Sans bouger. Sans rien dire. Et c'est alors qu'il lui avait demandé de partir. Elle se caressa les lèvres lentement du bout des doigts. Puis se mit à glousser comme une ado de quinze ans en se tenant les joues avec ses deux mains.

De retour dans la cuisine, Cynthia demeurait figée comme une statue de cire, assise sur un tabouret et le cellulaire greffer dans la paume. Son doigt activa la touche du dernier appel composé. Hypnotisée par la série de dix chiffres, elle n'entendit pas le cliquetis des clés dans la serrure…

* * *

« ALORS ??? »

Judith envoya pour la troisième fois le même texto à Camille. Sauf que là, elle avait utilisé les majuscules. L'horloge du radio-réveil indiquait déjà 15 h 27. Elle avait éteint et rallumé son téléphone au moins une dizaine de fois, au cas où un texto se serait égaré. Dans sa tête, elle en était à son onzième scénario de Camille et Aymeric s'envoyant en l'air sur le paillasson de l'entrée en dévorant ensemble une énorme pizza.

Allongée sur le dos, elle soupira pour apaiser son agacement.

— Mais qu'est-ce que tu fabriques, Camille ? pesta-t-elle juste au moment où la vibration de son téléphone lui annonçait la réception d'un SMS de Camille avec en tout et partout l'émoticône d'un pouce levé.

Judith fit volte-face sur son matelas, folle de joie. Néanmoins, l'euphorie fut de courte durée lorsqu'un doute la saisit.

« Que signifiait le pouce levé exactement ? Qu'Aymeric lui avait fait le même coup ou qu'au contraire elle lui donnait le feu vert pour l'appeler ? »

Elle renvoya un quatrième texto « COMPRENDS PAS ! » en fixant fiévreusement l'écran des yeux…

* * *

— … Oh… Tu m'as fichu une de ces frousses, Pupuce ! Mais que fais-tu assise dans le noir ? lança l'ombre déformée dans l'encadrement de la porte de la cuisine.

Cynthia sursauta à son tour et éteignit son cellulaire. Avant, lui hurler dessus en exigeant des explications aurait été une attitude appropriée pour la femme cocufiée qu'elle devinait être. Mais à présent, qu'elle est l'attitude à adopter lorsque, mariée, on vient de se laisser embrasser par un parfait inconnu et que l'on a aimé cela ? Une tempête d'émotions battait son plein dans son cerveau.

– Qu'est-ce qui ne va pas ? demanda Francis en basculant l'interrupteur pour éclairer la cuisine.

Cynthia s'était imaginé une multitude de scénarios, anticipant une froideur ou une rancœur potentielle de la part de Francis. Tout. Sauf celle-là. Francis se tenait debout face à elle, un bouquet de roses rouges dans une main et un paquet dans l'autre. Et pas n'importe quel paquet. Un paquet en papier-feutre noir orné d'un énorme diamant stylisé bleu. Le même que sur le ticket de caisse qu'elle avait trouvé tôt ce matin. Les yeux de la jeune femme s'écarquillèrent et son cœur sembla vouloir fuir de sa poitrine.

– Oh…Francis…. C'est… alors c'est pour moi ? articula-t-elle difficilement la gorge serrée.

L'homme écarquilla les yeux, à son tour, et avant même qu'il ait réalisé qu'elle parlait du paquet et non des fleurs que Cynthia avait déjà ouvert l'écrin en velours abritant un splendide bracelet en or serti de trois minuscules pierres de turquoises.

– Oh, comme je regrette… comme je regrette, murmura-t-elle en se blottissant contre son torse pour dissimuler ses larmes.

À ce moment, en effet, Cynthia regrettait d'avoir ainsi douté de l'honnêteté de son mari. Regrettait d'avoir imposé à ses parents la triste lourdeur d'une confidence erronée. Et plus que tout, elle se détestait d'avoir succombé, en une seconde, au charme d'un autre en trahissant la confiance de Francis. L'homme fidèle et aimant qu'elle avait épousé et qui ne se doutait de rien.

– Et moi donc… répondit juste l'homme en déposant le bouquet sur la table puis lui caressant la chevelure le regard perdu sur les placards de la cuisine.

Cynthia renifla et leva le visage vers celui de Francis.

– Au sujet de l'argent… tu as raison, mon amour… nous trouverons une solution ensemble !

Il repoussa tendrement la mèche de cheveux pour dégager son front et y déposa un baiser.

— Devine quoi ? Ma mère va se faire tatouer !

— Wow ! Ton père doit être aux anges ! rit l'homme. Tu vois, un tattoo c'est exactement le genre de cadeau que tout gendre devrait offrir à sa belle-mère pour gagner des points ! ajouta l'homme en lui caressant la joue.

— … et se mettre à dos beau-papa ! ajouta Cynthia.

Ils explosèrent de rire en se dirigeant main dans la main vers le salon.

***

Ce n'est qu'une fois douchée et en pyjama à motif de têtes de pandas que Camille alluma enfin son cellulaire.

— Oh, zut ! lâcha-t-elle en découvrant les quatre SMS non lus et les deux appels en absence de Judith.

Elle soupira en s'écrasant dans le moelleux siège du canapé. Philippe, cet après-midi, était passé la chercher avec plus de vingt minutes d'avance. Lui qui généralement battait des records de retard. Rien que ça aurait dû lui mettre la puce à l'oreille ! Elle lui avait expliqué grosso modo l'histoire de la commande de pizza, en pensant même qu'il trouverait cela amusant. Mais voilà, le Philippe, 39 ans, analyste financier et passionné d'arts, c'est un intellectuel, un cérébral. Un je-sais-tout qui a des opinions sur tout et lorsqu'il est question d'agir, ben il manipule l'abstrait ! En trois mots : il est chiant.

Depuis une semaine qu'ils se fréquentaient, selon les disponibilités que la haute profession de Monsieur lui octroyait, elle se sentait obligée de s'informer intensément de l'actualité mondiale. Occultant son côté je-sais-tout, elle le voyait comme la huitième merveille du monde.

Camille avait donc capitulé en embarquant toute pomponnée, cinq minutes plus tard, dans son VUS gris métallisé. Brisant la promesse faite à son amie et fonçant vers ce qui était supposé être l'une des plus merveilleuses soirées de sa vie. Selon les dires de Philippe. Au programme, il avait planifié une séance au cinéma Le Prestige, suivi d'un repas italien aux chandelles.

Ainsi joliment présentée, la soirée s'annonçait des plus prometteuses en effet. D'autant que cela la changerait de piétiner durant des heures devant des toiles d'artistes décédés ou de feindre l'extase dans les rayons de bouquineries anciennes et poussiéreuses. Sauf qu'un appel imprévu reçu alors qu'il conduisait et qui le fit venir blanc comme un linge donna un uppercut gauche à la virée cinéma pour les expédier direct chez lui. La porte d'entrée à peine fermée, il lui avait grogné aux oreilles combien elle l'excitait en lui lavant le visage de sa langue. Sans qu'elle n'eût le temps de le caresser, il baissa sa culotte, enfila un préservatif en un claquement de doigts, et la prit contre la porte, façon marteau-piqueur, durant deux pauvres minutes en haletant comme un phoque avant de se crisper et de lui couiner dans l'oreille « Je jouis ».

Alors il s'écarta d'elle, essoufflé, le pantalon sur les chevilles et la bite molle coiffée du plastique rempli.

– Ouf… Ça faisait longtemps c'est pour ça ! bredouilla-t-il penaud en faisant allusion à la rapidité de l'acte.

« Euh… ouais… sauf que le *longtemps* en question remonte à hier et d'ailleurs, il lui avait déjà servi le même baratin ! » pensa Camille en rabaissant le bas de sa robe.

– Bon ! Ça te dit des raviolis ? Il doit m'en rester une conserve ou deux, je crois…

– Des raviolis !?

– Bah quoi, c'est italien, non ?

— C'est pas faux ! Pendant que tu nous réchauffes ce festin hautement gastronomique, je vais me rafraichir un peu si tu le permets…

— Oh… pas la peine ! Finalement, je compte te raccompagner chez toi après manger. J'ai un gros dossier urgent pour le boulot qui m'est tombé dessus à la dernière minute, tu sais le coup de fil là ?

— Mouais… ouais le coup de fil… je vois… je peux aller pisser au moins ?

— Euh, oui… oui, c'est la deuxième porte sur ta droite…

Quelques minutes plus tard, en sortant des toilettes, Camille enfilait tranquillement sa parka sous le regard hébété de Philippe.

— Qu'est-ce que tu fabriques ? Tu pars ? Déjà ? questionna-t-il un ouvre-boite à la main.

— Désolée, je suis crevée et je me lève tôt demain, répondit-elle en remontant la fermeture éclair et en ramassant son sac.

— Mais on est dimanche demain…

— Et de toute façon, j'ai oublié de nourrir mon chat.

— Mais tu n'as pas de chat.

— Bah, oui justement…

Derrière elle, elle l'avait entendue l'interpeler : « Attends ! » Mais elle était sortie sans se retourner en fermant la porte.

Camille se recroquevilla carrément en boule dans le coin du canapé comme une chatte en quête de chaleur. Elle ralluma son téléphone, lut les messages de Judith, commença à rédiger une phrase. L'effaça. Réfléchit. Reprit la rédaction. Ajouta un émoticône, puis un autre. Et cliqua sur envoyer.

— Et merde ! Déjà ! lâcha-t-elle en apercevant la tache rouge sur le tissu du siège.

Elle se précipita dans la salle de bain, ouvrit un tiroir et en sortit une boîte de tampons hygiéniques. Il n'en restait qu'un. Heureusement celle de serviettes était pleine.

« J'aurais dû en profiter pour lui en piquer quelques-uns finalement ! » pensa-t-elle, avec une once de regret, en revoyant la méga boîte de tampons en coton bio super absorbant sur une tablette au-dessus de la toilette de chez Philippe. Et à terre, juste à côté du porte-brosse, un pot pour bébé.

Alors, elle partit à rire nerveusement face au sentiment de réconfort que ce larcin aurait pu lui procurer. Bien maigre lot de consolation !

Philippe, le pseudo-intello-célibataire-de-mes-deux, entretenant des discours de véritables gentlemen, s'était très vite révélé être de la catégorie de ces obsédés sexuels à la recherche d'un plan cul de cinq à sept avant de retrouver bobonne à la maison… ou de profiter de l'absence de coconne de la maison. Au moins, elle n'aurait plus à passer secrètement ses soirées à essayer de mémoriser Wikipédia pour essayer de l'impressionner.

Depuis la vilaine séparation d'avec Fabrice, il y a deux ans, elle en était à une moyenne de quatre rendez-vous par mois, pris sur trois sites de rencontres différents.

Au départ, elle avait reçu des messages de drôles de zigotos. Des hommes divorcés, incapables de s'assumer seuls, désespérément à la recherche d'une « coach de vie ». Ceux qui posaient torse nu ou avec leur ex.

Évaluer, trier, repérer et bazarder les menteurs, arnaqueurs, amateurs de plan drague multiple et autres tarés. Bref, ces écorchés vifs qui se mettent à vous agresser verbalement, bien entendu, diront que c'est vous, lorsqu'ils n'ont pas réussi à vous avoir !

Même si elle n'espérait pas rencontrer l'amour avec un grand « A », le petit « a » lui aurait suffi. Le problème, c'est qu'elle l'envisageait dans toutes ses rencontres, au risque de se perdre elle-même. La réalité était que derrière la façade de la nana bouffie d'assurance et ayant de la répartie se terrait une « godiche désespérée ».

À genoux au pied du canapé et occupée à frotter, son fou rire ne l'avait toujours pas quittée. Elle avait lu sur internet que pour enlever ce genre de taches, il suffisait de frotter délicatement un chiffon imbibé de vinaigre blanc dilué dans de l'eau tiède.

— Cela ne m'a pas l'air efficace ! se disait-elle en constatant que la trace de sang s'incrustait plus dans les fibres qu'elle ne disparaissait.

Sa voix éraillée la surprit. Elle cessa de frotter. Son menton et sa lèvre inférieure tremblèrent. Ses yeux s'embuèrent. Et, pour la première fois depuis deux ans, Camille se mit à pleurer…

***

Attablé, une serviette autour du cou et bien calé dans une chaise de salle à manger vintage rembourrée, Pierre Burlais tranchait avec soin deux épaisses rondelles de pâté de campagne. Il les étala sur un minuscule cracker qu'il enfouit intégralement dans sa bouche. Une pluie de grosses miettes poudra le tapis persan. Il ne s'en soucia pas. Ses petits yeux roulaient de plaisir derrière les épais carreaux de ses lunettes. À peine avait-il fini d'engloutir qu'il en enfournait une autre sur-le-champ. Il ne savourait pas, il dévorait comme un ogre dans un jean et t-shirt.

— Ne crains-tu pas d'étouffer ? demanda Marguerite Burlais à son fils qu'elle observait de l'autre bout de la table d'un air dégouté.

Ce dernier, impassible comme une vache qui regarde passer un train, continuait de mastiquer.

— Tu te goinfres comme un porc ! Pff… j'entends ta langue claquer contre ton palais, d'ici ! D'ailleurs, on doit même t'entendre depuis la rue ! invectiva-t-elle en le méprisant du regard. J'en ai presque l'appétit coupé, acheva-t-elle en piquant des dents de sa fourchette, un morceau de la tranche de melon frais posée dans son assiette.

L'homme échappa son couvert qui tomba sur le dallage dans un tintement strident pour rebondir ensuite sur le tapis.

— Aucun savoir-vivre ! Tel père tel fils, comme on dit ! lança-t-elle sans cérémonie en ajustant un camée gros comme un œuf qui maintenait son large châle beige.

Après avoir avalé son assiette de paupiettes de veau à la crème et ingurgité en vitesse sa dernière cuillerée de purée. L'homme se leva de table, débarrassa son assiette et celle de sa mère. Déposa le tout dans l'évier.

— Tu m'excuseras maman, mais je pense ne pas faire long feu ce soir… Je suis fatigué… dit-il en feignant un bâillement et désireux d'écourter l'ambiance plombante du tête à tête.

— Fatigué de quoi ? D'avoir passé l'intégralité de samedi derrière ton ordi à ne rien foutre ?

— J'élaborais les statistiques de performance pour…

— Oh, la ferme ! jappa-t-elle à l'homme qui tête baissée se mit à tortiller la monture de ses lunettes.

— Fatigué ou pas ! Je te rappelle que le film que j'ai passé la moitié de l'après-midi à choisir pour nous commence dans trente minutes ! précisa la mère, le regard exorbité dans un débit rapide avant que ne claque la porte et qu'il s'éclipse dans sa chambre.

Quelles que fussent les circonstances, Pierre Burlais obéissait à sa mère, au doigt et à l'œil, comme un bon toutou obéit à sa maîtresse : « Assis ! », « Debout ! », « Couchez ! » Cette habitude s'était installée depuis toujours et jamais il n'eut le courage d'y mettre fin.

Son père avant de mourir lui avait raconté comment ils s'étaient rencontrés. Elle et lui. Dans les années 80. Il venait juste de terminer de brillantes études littéraires. Son entourage, ainsi que ses professeurs, l'imaginait d'ailleurs embrasser une grande carrière d'écrivain et même de signer le best-seller du siècle. Puis, lors d'une réunion de lecture, il avait croisé le regard de

Marguerite. En réalité, elle était loin d'avoir un talent quel qu'il soit en littérature, elle y servait le café et vidait les cendriers. En résumé, ce fut un véritable coup de foudre. De son côté en tout cas. La vingtaine naissante, la taille fine, la poitrine généreuse, de jolies fesses rebondies, le tout reposant en équilibre sur une paire de gambettes longues à n'en plus finir, Marguerite faisait tourner la tête à plus d'un. Ah, oui ! Un petit détail aussi, elle était gentille… à l'époque. À force de fricoter, en veux-tu en voilà, il arriva ce qu'il arriva. Marguerite tomba enceinte. Les parents de celle-ci exigèrent de lui qu'il l'épousât. Question d'honneur. Ce qu'il fit dans la foulée. L'encre de la signature du contrat de mariage à peine sèche qu'il en était fini de sa prometteuse carrière d'écrivain. La douce Marguerite lui fit clairement comprendre que le métier d'artiste ne nourrissait pas son homme et qu'en tant qu'épouse et future mère de leur enfant, elle aspirait à mieux. C'est ainsi qu'elle se bâtit bec et ongles pour que son cher petit mari remporta l'élection municipale de leur patelin. Présumant qu'une fois l'écharpe autour du cou, se faire des relations hautement placées coulerait de source. De toute façon, il le lui devait bien puisqu'elle avait mine de rien accepté de quitter sa grande ville pour vivre dans ce coin perdu. Entourée de péquenots incultes. Et elle ne manquait jamais d'ailleurs une opportunité de le lui rappeler en ajoutant qu'un jour il lui serait même reconnaissant. L'avenir démontra qu'elle eut raison. Pour le meilleur comme pour le pire, ils se l'étaient mutuellement juré devant les hommes et devant Dieu. Et de ces douze années de mariage, il ne connut le meilleur que lorsque sur son lit de mort il rendit son dernier souffle.

À l'abri dans sa chambre, Pierre ferma la porte à clé. Confortablement installé dans son fauteuil, il ouvrit sur ses genoux un livre, subtilisé à la collection d'ouvrages littéraires de son père, que sa mère conservait précieusement dans une vieille malle au grenier. Le moindre de ses gestes, il se devait de l'exécuter en cachette. Même une banale lecture risquait de rapidement tourner à un éventuel interrogatoire. Car en « bonne mère aimante », qu'elle se targuait d'être, elle jugeait de son devoir de fourrer son nez partout pour son bien. Son index humidifié tournait fiévreusement les pages.

– Ça devrait être par là… se disait-il à voix basse en diminuant la cadence du feuilletage.

– Non… non… ah, voilà ! … Son doigt glissa délicatement de haut en bas sur les lignes d'un paragraphe.

– Les dix astuces pour séduire un homme en toute subtilité, déchiffrait-il le cœur battant fort.

« … soyez à l'aise avec vos émotions ! Ne contrôlez pas votre discours ! Adoptez un geste discret, une mimique quasi imperceptible que seul son inconscient pourra capter. Une signature unique… »

– … *Une signature unique…* répétait-il à mi-voix en passant le bout de son index sur l'endroit du papier glacé où deux hommes étaient enlacés dans une position plus que suggestive.

Il soupira en refermant le livre comme s'il voulut que cette image restât gravée dans sa mémoire. Regrettant presque sa surcharge pondérale qui le privait d'une telle souplesse.

Loin d'être idiot, il savait que les employées de Buzzeex tournaient son physique à la dérision et l'affublaient de toutes sortes de sobriquets pernicieux. N'ayant ni le physique d'un Appolon ni le bagout d'un Dom Juan, il avait jeté son dévolu sur cette minable stratégie pour construire son image, quitte à se faire détester. Le principal étant de cacher sa véritable attirance, sa véritable nature, son authentique moi…

Dès son enfance, sans trop pouvoir trouver les mots, il se sentait déjà différent. À l'adolescence, après les entraînements sportifs, il bannissait au possible le passage par le vestiaire pour éviter les douches, non par pudeur, mais pour ne point exposer aux yeux de tous ses camarades une érection incontrôlée qui aurait trahi son orientation. Le poids de cette différence lui causait une souffrance psychologique horrible. Alors, la seule échappatoire qu'il trouva fut de manger. Manger cette émotion singulière en se jetant rageusement sur les aliments. La bâillonner de surcharges d'amas de gras jusqu'à son asphyxie totale.

Curieusement, ces derniers temps, il se sentait de plus en plus la force de se libérer de ce boulet et envisageait même « sortir du bois ».

À travers la porte, il entendit la télévision d'en bas. Le générique des Nouvelles du soir commençait. Sa mère n'allait pas tarder à revenir de la cuisine. Elle avait toujours l'habitude de boire une tasse de thé au citron en regardant les informations, les jambes étendues sur son pouf en rotin. Le volume du son venait d'augmenter et on entendait à présent clairement la voix du journaliste. Assis à son bureau, Pierre alluma son ordinateur.

Sa boîte de réception indiquait trois messages non lus. Le premier vantant les avantages économiques d'un forfait téléphonique d'une compagnie américaine. Le deuxième, ceux des services d'un courtier hypothécaire de la région. Il les parcourut vaguement, cliqua sur supprimer, puis ouvrit le troisième ayant pour unique objet le mot URGENT écrit en lettres majuscules suivi du courriel de l'expéditeur. Xavier Lamarque.

« Pour la réunion de lundi matin.

Évitez-moi un mal de crâne de tous les diables en nous épargnant vos formulations de calculs alambiquées de rendement… Personne ne sait jamais où vous allez ! Si tant est que vous alliez quelque part ! Inscrivez le nom de Clarisse Dupuis.

X. Lamarque, MBA
Manager
Buzzeex Communication »

Xavier Lamarque ne s'était encore pas gêné de lui envoyer, vendredi, juste deux minutes avant 17 h, un courriel lui demandant de rester deux heures de plus pour finaliser le calcul d'attribution des primes et des promotions. Parmi les trois employés en lice, le nom de Clarisse Dupuis n'y figurait même pas.

Pierre saturait de « marcher au pas » pour acheter la paix auprès de Lamarque. À leur début, ce dernier se prenait déjà pour un « loup de Wall Street ». Il arrivait aux aurores, récupérait les dossiers des clients des autres, clôturait la vente et raflait leur prime. Lui-même s'était fait avoir plus d'une fois.

Pierre fronça les sourcils et cliqua sur « supprimer ».

– PIERREEE !!! aboya une voix stridente en provenance du salon.

Il sursauta et rabaissa d'un coup sec l'écran de l'ordinateur. Il y eut un long moment de silence.

– ….Le film commence !!! Viens le regarder avec moi sur le canapé ! Je te rappelle que j'ai passé…

– …. la moitié de l'après-midi à le choisir, termina l'homme en apparaissant derrière le dossier du canapé et en déposant un baiser sur le sommet du crâne de la femme.

* * *

– Il y a trop de violence pour moi… je n'accroche pas, désolée mon chéri…

– L'important c'est qu'on en a au moins regardé un ensemble.

– Tu parles, j'ai gardé les deux yeux fermés la moitié du temps, mais j'avoue que les décors sont sublimes !

– Pas étonnant, vu le budget !

– Francis, prononça Cynthia en fixant son mari.

– Quoi ? lança-t-il en programmant déjà l'épisode suivant.

– Non rien… rien d'important, souffla-t-elle, comme soulagée qu'il ne l'ait pas encouragée plus que cela à une confidence qui aurait ravagé ce rare moment de complicité entre eux.

Elle ne lui avouerait donc pas le baiser volé. Quant à l'énigme de ses difficultés financières, elle patienterait jusqu'à demain pour obtenir des réponses.

Cynthia s'étira en bâillant. La veille, elle n'avait pas fermé l'œil et la palette d'émotions de la journée n'avait rien arrangé.

— Pff… je ne me sens pas la force de prendre une douche ce soir.

— Tu en prendras une demain, c'est tout, réconforta l'homme, en lui déposant un baiser sur le sommet du crâne avant qu'elle ne se levât pour gagner la chambre. Allez, bonne nuit, ma puce ! Je te ferais un résumé demain !

— Bonne nuit ! Ne tarde pas trop…

Cynthia se glissa toute nue dans les draps glacés et remonta la couverture jusqu'au nez. Le son de la télé lui parvenait faiblement de l'autre côté du mur. Elle se dit que le lendemain, elle appellerait sa mère pour lui dire de ne pas s'inquiéter. Lui dire que tout va bien. Francis, son mari ne l'avait pas trahie. Elle s'était trompée. Elle l'avait trompée. Elle était devenue une de ces femmes qu'elle critiquait autrefois ouvertement à coups de « Comment ose-t-elle faire cela ! Elle oublie qu'elle est mariée ou quoi ? »

Elle soupira pour freiner l'ardeur de l'« autolapidation morale » que sa conscience lui infligeait. Après tout, ce petit baiser, ce microbisou de rien du tout, volé de surcroit, ce n'était pas vraiment tromper. Plutôt une micro-infidélité. Cette idée lui fit du bien. Elle ferma les yeux. L'image furtive du visage d'Aymeric lui apparut. Elle sursauta et comprit alors qu'en réalité elle n'allait pas mieux…

Carabosse : *19 h 38 - Je pense à toi.*

Vous : *20 h 32 - Moi aussi.*

Carabosse : *20 h 33 - Que fais-tu ?*

Vous : *20 h 35 - Je regarde la télé…*

Carabosse : *20 h 35 - Tu me manques.*

Carabosse : *20 h 37 – Ton ODEUR me MANQUE !*

Carabosse : *20 h 40 - On se revoit quand ?*

Vous : *20 h 46 - Lundi midi ?*

Carabosse : *20 h 46 - C'est long !!! Tu ne peux vraiment pas avant ?*

Vous : *20 h 49 - Je vais essayer de m'échapper une heure ou deux demain.*

Carabosse : *20 h 50 - MERVEILLEUX ! Pense à rapporter mon bracelet. Je l'ADORE !*

Francis resta figé à la lecture du dernier SMS.

Il n'avait pas souhaité laisser le bracelet dans la boîte à gants de crainte que Cynthia ne mette accidentellement la main dessus. Alors, quand l'instant d'après, il se trouva nez à nez avec elle et qu'en une fraction de seconde elle s'appropria le bijou, quel comportement aurait-il pu adopter si ce n'était celui de maintenir le quiproquo ! Il ne s'imaginait pas lui arracher le bracelet des mains en lui disant : « Bas les pattes, chérie ! Ce magnifique bracelet qui te rend folle de joie n'est pas pour toi ! Il appartient à ma maîtresse ! Je viens de le lui offrir en cadeau. Elle l'a oublié dans la chambre d'hôtel où nous avons fait l'amour toute la nuit. Je le garde donc précieusement afin de le lui remettre lundi lorsque j'irai la retrouver. »

Francis sentit l'anxiété l'envahir et se frotta le front. Qu'allait-il faire pour se sortir de ce guêpier ?

L'écran de son téléphone flasha à la réception d'un autre SMS. Un peu plus tôt, pour éviter de frôler la crise cardiaque, il l'avait mis en mode silencieux au cas où Cynthia aurait veillé sur le canapé auprès de lui.

Carabosse : *20 h 58 – À demain mon étalon… Bonne nuit !*

Lorsque Francis entra dans la chambre. Cynthia dormait déjà. Machinalement, il se colla à elle. Contre la douce nudité de son dos. La chaleur que son corps dégageait lui faisait du bien. Après tout, il avait bien le droit. Après tout, elle était sa femme.

Cynthia se retourna, ouvrit un œil, l'embrassa sur le front puis referma l'œil. Il écouta sa respiration se saccader ensuite de légers ronflements. Il se blottit alors un peu plus. Et il se mit à pleurer à chaudes larmes, car finalement il se sentit heureux d'être avec elle…

* * *

— Ah, ce n'est pas trop tôt ! marmonna Judith en appuyant sur l'icône de l'enveloppe qui venait d'apparaître à l'écran de son cellulaire.

Camille : *21 h 02 - Saisis ta chance !* Suivi d'une émoticône pouce levé et d'une émoticône sourire.

Elle exulta. Dans l'après-midi, désespérée, elle avait traîné en pyjama du lit au canapé, du canapé au lit. Entre-temps, elle avait récupéré le ticket de caisse dans la poubelle de la cuisine. L'avait défroissé avec soin afin de ni le déchirer ni barbouiller la suite de chiffres de traces de gras. Elle l'avait tant lu et relut qu'elle la connaissait désormais par cœur. Elle s'était retenue au moins une quinzaine de fois d'envoyer un texto à Aymeric. Juste histoire de tâter le terrain. Mais elle craignait trop s'exposer à un vent potentiel en pleine poire.

Ensuite sous la douche, elle avait répété son texte au moins une vingtaine de fois, jusqu'à trouver l'intonation parfaite. Elle respira profondément. Composa le numéro. Son cœur battait à mille à l'heure quand elle entendit sonner.

\- Allez répond !

Judith sourit aussitôt en se rendant compte qu'elle se parlait toute seule. Le téléphone sonnait toujours.

… « Allo » « Oui, salut c'est moi… » « Qui ça, moi ? » « Euh… je suis Judith. La fille de la pizza. C'est bien Aymeric ? … » « Je pense que vous vous êtes trompée de numéro, madame ! »…

Elle décolla l'appareil de son oreille, regarda le numéro affiché à l'écran et le compara à celui noté sur le ticket, rapprocha à nouveau l'appareil de son oreille et le répéta à l'autre. La voix lui confirma que c'était bien ce numéro-là. Judith ne comprenait donc pas pourquoi on lui disait qu'elle s'était trompée.

« Je sais qu'il s'agit du bon numéro, alors passez-moi Aymeric s'il vous plaît ! » Elle avait la voix qui tremblait. « J'ai son numéro écrit de ses propres mains sous les yeux ! Vous vous moquez de moi ou quoi ? » « Il n'y a aucun Aymeric chez moi ! … » « Menteur ! Alors pourquoi ai-je votre numéro alors ? » « Madame ! Puisque je vous dis qu'il n'y a pas d'Aymeric ici, je ne vois vraiment pas ce qui n'est pas clair ! Alors au risque d'être grossier je vais raccrocher ! »

Et l'homme lui raccrocha au nez… Erreur fatale ! Elle recomposa ce numéro au moins dix fois… oui au moins. L'heure d'après, elle ne sut pas s'il avait par la suite éteint son téléphone, mais elle savait que passer par les doses d'injures, d'incrédulités et de reproches l'avait vraiment mise en rage. Finalement, Judith s'endormit, l'oreille collée sur le téléphone après avoir essayé de l'avoir une dernière fois…

5

– Salut Alfonso ! Alors comment vont les rhumatismes ce matin ? entonna Judith en croisant l'agent d'entretien dans le vestibule.

– Oh, ils me tiennent chaudement compagnie comme une belle femme un dimanche matin… mais la grâce matinée et les croissants en moins !

Et l'homme reprit ses ronds de serpillères en sifflotant.

Elle salua sobrement Stéphane, l'agent de sécurité de l'agence de placement, prit connaissance de ce qui s'était passé sur le quart précédent. Au retour de sa tournée pour s'assurer que tous les accès aux sorties d'urgence étaient bien dégagés, son regard s'arrêta sur un post-it jaune épinglé sur l'un des deux grands tableaux de liège encombrant le mur.

– Tiens, c'est bizarre ! Je suis convaincue qu'il n'était pas là tout à l'heure…

Elle saisit le papier et lut les deux lignes :

« *Enrique. Lundi dans mon bureau à 8 h.*
X. Lamarque. »

– Hmm… Enrique doit probablement dormir à cette heure, lâcha-t-elle en constatant que la grande aiguille du cadran de sa montre allait rejoindre la petite sur le sept.

Elle s'installa au bureau, vérifia les différentes alarmes reliées à l'ordinateur.

– ... alors... alarme gicleur incendie, OK... alarme manuelle incendie, OK... alarme détecteur de fumée et de chaleur, OK... Bon, toutes sont en fonction.

Elle but d'une traite le restant de son gobelet de café, s'étira et regarda le post-it qu'elle avait déposé près de son téléphone. Puis, elle reprit ses vérifications.

_... - Système téléphonique, OK... caméras de surveillance, OK... Bon au tour de la paperasse maintenant !

Elle avança au-devant d'elle une pile de feuilles lignées. Lut les trois premières. Nota une remarque sur la deuxième. Cocha une série de cases. Signa en bas à droite de la troisième juste à côté de la date du jour.

Puis, elle se cala dans le fauteuil et ne quitta plus le grand ensemble de six écrans de surveillance des yeux...

* * *

Le regard posé sur les vitres de la fenêtre de sa chambre, Camille contemplait la forme des nuages variée dans le ciel orangé. Avant, elle sortait son appareil photo ou son portable pour immortaliser la beauté de la palette changeante des couleurs matinales. Fabrice, son ex, l'avait initiée à la photographie. Sa folle passion. Elle avait rapidement embarqué, puisque sa passion à elle, c'était lui.

Elle s'était équipée de la Rolls-Royce du matériel de photographie. Étuis, trépied, cartes mémoires, flash, objectifs, filtres. La totale ! Son compte épargne en avait pris un sacré coup.

Puis, il y eut cet appel, suivi d'un mail et d'une lettre.

Un grand magazine de voyages nord-américain acceptait de le commanditer. Effectuer le tour du monde en stop. Durant seize mois. Le rêve de sa vie. Le cauchemar de la sienne. Il avait explosé de rire. Elle avait explosé de colère.

Si pour elle, ce matin-là, il ne s'agit que d'une grosse dispute. Pour lui, il s'agit d'une rupture. Pendant les trois jours passés sans donner de nouvelles, elle vivait dans le déni. Impossible qu'il la quitte. Le quatrième jour, il réapparut pour récupérer ses affaires. Les larmes et les supplications n'y changèrent rien. Sa décision était prise. Son contrat signé. Il prenait l'avion le lendemain.

Depuis, elle le suivait discrètement sur son blogue. Il en était à dix-huit pays visités. 68 257 km parcourus, dont le tiers en autobus. Le mois dernier, il posait à dos de chameau en Mongolie. Aujourd'hui, il visitait les temples de Bagan en Birmanie.

Émergeant de ses pensées, elle essaya de rassembler toutes ses forces pour s'extirper des couvertures. Ses règles étaient si douloureuses qu'elle n'avait pas fermé l'œil.

Une petite barre lumineuse rouge vint s'ajouter au cinq et le transforma en six.

— Sept heures cinquante-six… allez, à huit heures je me lève ! se convint-elle en rabattant le haut de la couverture du dessus sur son nez.

***

Vous : *8 h 07 - Salut, T'as foutu quoi hier ?*

Enrique : *8 h 37- ???*

Vous : *8 h 39 - Lamarque veut te voir demain à son bureau à 8 h.*

Enrique : *8 h 41 - Pourquoi ??*

Vous : *8 h 42 - Sais pas. T'as laissé une note ici.*

Enrique : *8 h 42 - Fait CHIER !!!*

Vous : *8 h 43 - T'es OFF demain non ?*

Enrique : *8 h 54 - Dois te laisser. Merci pour l'info.*

Judith glissa son doigt sur l'historique des appels émis la veille. Onze. Tous au soi-disant Aymeric. Elle porta la main à sa bouche.

— Ah, ouais quand même… pas étonnant qu'il m'ait envoyée paitre ! Pff… onze fois, quoi ! lâcha-t-elle en secouant la tête.

Elle fit la moue. Écrivit « Salut ! », effaça le mot. Alla dans sa liste de contacts et appuya sur le troisième prénom.

Au bout de la cinquième sonnerie, elle tomba sur le répondeur. La voix féminine disait que seules les déclarations d'amour étaient acceptées. Judith sourit puis pressa le bouton recomposition du numéro.

Au bout de la troisième sonnerie cette fois on décrocha.

— « Mmm… »

— « Euh…allo !? »

— « Mmm… »

— « C'est toi Camille ? »

— « Mmm… Et qui veux-tu que ça soit d'autre ?! »

— « Je t'ai réveillée ? »

— « Non… c'est mon esprit qui a décroché »

— « … désolée ma belle… je te rappelle plus tard… »

— « Non, non, j'avais prévu de me lever à 8 h, mais je me suis rendormie… Vas-y, je t'écoute ! »

— « T'en es sûre ? »

— « Mmm… c'est juste la Deuxième Guerre mondiale dans mes ovaires… »

— « Oh ouais, je comprends… Bon alors voilà, je t'appelais pour deux choses en fait ! Tu es toujours là ? »

— « Mmm… où veux-tu que je sois… Allez vas-y, balance, j'écoute ! »

— « Devine qui j'ai vu sortir de la salle de pause quand je revenais de ma première tournée ? »

— « Je ne sais pas moi, Brad Pitt ? »

— « Burlais ! »

— « Ah, ben ça alors ! Un dimanche matin ? Remarque vu la mère qu'il se coltine, pas étonnant ! »

— « Quel est le rapport avec sa mère ? »

— « Pff, le pauvre ! Sa mère c'est les sept plaies d'Égypte réunies... »

— « Ah ouais carrément ! Mais comment sais-tu ça ? »

— « Oh, j'imagine c'est tout... Que faisait-il ? »

— « Bah, je n'en sais rien, moi ! Il fermait la porte... il m'a saluée... je l'ai salué... Ah, si ! Il avait des feuilles de papier à la main. »

— « Des feuilles de... oh non, ça y est ! Les résultats sont affichés ! La promotion ! Tu es où, là en ce moment ? »

— « À mon bureau, pardi ! »

— « Parfait ! Va jusqu'à la salle de pause. »

— « OK... attends une minute... »

— « Allez, allez vite. »

— « Hey, je n'ai pas de rollers... Attends ! Ça y est, j'y suis...

— « Sur le mur qui fait face à la cafetière, il y a un grand tableau de liège... tu le vois ? »

— « ... alors... mur en face... il y a bien un tableau, oui... Et là, je fais quoi maintenant ? »

— « Eh bien, mon nom, bon sang ! Regarde s'il y a mon nom ! »

— « Mais il y a des feuilles punaisées partout ! Elle ressemble à quoi la feuille des attributions de promo ? »

— « Bah, je ne sais pas moi ! C'est toi qui es devant le tableau ! Vas-y, cherche ! Trouve ! »

– « Il y a au moins un million de feuilles… un demi-milliard de post-its… des faire-part de naissance… des cartes postales de destination que mon salaire ne me permettra jamais de visiter… Comment veux-tu que je sache ? »

– « Grrr… pas grave ! Laisse tomber ! De toute façon, j'ai tellement mal au bide que j'ai vais passer la journée à dormir. Le temps me paraîtra moins long jusqu'à lundi matin. »

– « Désolée… »

– « Et la deuxième chose alors ? »

– « Bah, en fait… hier soir, j'ai grave déconné ! »

– « C'est-à-dire ? ...»

– « Hier soir, j'ai essayé de contacter Aymeric… mais apparemment il m'a refilé un faux numéro…»

– « Ce serait complètement débile de sa part ! C'est quoi l'intérêt dans tout ça ? As-tu réessayé au moins pour voir ? »

– « Euh… oui… j'ai réessayé oui… »

– « Bah, réessaye encore… »

– « J'ai réessayé onze fois déjà… »

– « Ah, ouais… quand même ! »

– « Mais, es-tu sûre d'avoir bien lu le numéro ? Aurais-tu le ticket avec toi par hasard ? »

– « Oui… oui… dans ma poche, oui… »

– « Eh, bien prends-en une photo et envoie-la-moi par texto ! OK ? »

– « OK, je raccroche et je fais ça ! .... »

– Pff, Putain… onze fois, quoi… Elle rappelle le mec onze fois ! balança Camille en raccrochant, soulagée par la trêve des hostilités de ses menstruations.

Elle sauta du lit. Alla jusqu'à la salle de bain. Changea son tampon. Se fit couler un expresso noisette. Beurra deux tartines de pain complet. Étala sur chacune une cuillerée de confiture de framboises. S'installa sur le haut tabouret de l'îlot de cuisine et patienta.

— Pff… qu'est-ce qu'elle fabrique ? Elle m'envoie la photo par la poste ou quoi ? râla-t-elle avant de mordre dans le pain.

Le téléphone vibra.

— Tiens en parlant du loup !

Elle essuya furtivement ses doigts sur un bout de la serviette en papier. Ouvrit le message. Posa le bout du pouce et l'index sur l'écran puis écarta les doigts pour agrandir l'image. Elle plissa les yeux. Écarta à nouveau. Appuya sur « Répondre ». Entra une suite de chiffres. Pressa sur la touche « Envoyer ». Reprit sa tartine. La trempa dans l'expresso. Enfourna vite le bout ramolli pour éviter que le liquide ne dégouline partout. Puis patienta en fixant l'écran du téléphone.

Deux nouveaux messages arrivèrent en rafale.

Judith : *9 h 32 - Es-tu sûre du dernier numéro ?*

Judith : *9 h 32 - C'est 1 pas 7 ?*

Vous : *9 h 34 - OUI. 1*

Judith : *9 h 35 – OUPS ! Je m'étais trompée :)*

Judith : *9 h 35 – Je l'appellerai ce soir. Merci ! Bon dimanche ! :)*

***

— Maman ?

— Oui, mon poussin.

— C'est quand qu'on va au parc ? J'ai envie d'aller jouer, moi…

— Il est trop tôt Tom. D'abord, on va préparer le gâteau, après à midi on va manger le poulet avec les frites, ensuite tu iras faire la sieste et ensuite vers 15 h on ira s'amuser au parc. D'accord ?

— D'accord… mais c'est long, hein… Maman ?

— Oui, mon poussin ?

— C'est quand que je mélange ? demanda le garçonnet agenouillé sur la chaise en levant dans les airs la cuillère en bois pour essayer de toucher le plafond.

— D'abord, on met la farine dans le bol, comme cela… puis on ajoute le sucre en poudre… voilà… le sachet de levure…

— Je peux, là, maman ? s'impatienta-t-il de plus belle en plongeant l'ustensile dans le monticule de poudre blanche.

— Juste un petit peu et après tu vas aider maman à casser les œufs, sourit Léa en caressant la joue de son fils. Sais-tu d'où vient l'œuf ?

— Euh… de la poule…

— Oui ! Bravo mon Tom ! L'œuf vient de la poule. Comment appelle-t-on le cri de la poule ?

— Elle fait cot-cot-cot, fit le garçon en pliant les coudes sur les côtés et faisant mine de battre des ailes invisibles.

— Oui mon petit poussin, rit Léa en mimant son fils et en coquetant à son tour.

— Hi, hi, hi… maman, t'es trop grole…

— Drôle mon poussin… on dit drôle… Et comment appelle-t-on le mari de la poule ?

— Euh… monsieur poule !

Léa se mit à rire.

— Non, Tom. Quel autre animal ressemble à une poule ?

— Euh… un coq ?

— Oui, mon poussin.

— Un coq… un coq… Dis, maman? La poule c'est l'amoureuse du coq ?

— Oui, mon Tom ? La poule est l'amoureuse du coq…

— Alors toi tu es maman poule, moi je suis le poussin et papa c'est le coq… papa à la maison il dit toujours que tu es son amoureuse… c'est comme le coq alors…

Léa se contenta de sourire pour ne pas montrer le trouble que lui causa cette révélation.

— Bon alors à présent, regarde bien ce que fait maman… et après ce sera à ton tour.

Elle saisit délicatement un des quatre œufs. Le tapota d'un coup sec contre la surface plane de la planche à découper. Écarta avec les pouces la coquille au niveau de la cassure en deux morceaux. Et versa le blanc et le jaune dans un ramequin.

— Ta-da ! Et voilà ! Tu vois, c'est facile !

Le petit garçon applaudit.

— Oui… oui… à moi maintenant… à moi…

Il prit un œuf, l'écrasa contre la planche. La coquille se brisa en plusieurs morceaux et le liquide transparent et visqueux mêlé du jaune se déversa sur la planche en bois et le comptoir.

— Pas grave, mon poussin, rassura Léa en arrachant vite une feuille de papier essuie-tout du rouleau et en nettoyant le dégât. Il reste encore trois autres œufs à mettre, cela te donnera l'occasion de t'améliorer.

— Maman… moi je sais compter moi ! Regarde maman ! … Un, deux, trois, quatre… cinq, six… sept… huit… neuf… dix… euh… c'est tout ! finit-il en haussant les épaules et en brandissant les paumes des mains ouvertes vers sa main pour lui montrer ses doigts.

— Ouaw ! Bravo Tom ! Et quel âge as-tu ?

— Bah… Tu sais bien maman !

— Oui, mais maman veut que tu le lui rappelles.

– J'ai cinq ans maman !

– Vas-y, recommence, il faut juste le tapoter légèrement.

Tom prit un deuxième œuf en réussissant cette fois à faire une petite cassure. Il écarta les deux morceaux au-dessus du ramequin. Renouvela l'opération avec un troisième.

– Oh… Regarde maman, il y a un morceau de coquille là.

– Cela arrive des fois et dans ce cas, on le pêche avec une petite cuillère ! Regarde ! Comme ça… Et voilà…

– Bravo, maman !

– Bon maintenant, il faut mélanger jusqu'à ce qu'on ne voie plus de jaune dans le bol, expliqua-t-elle en battant les œufs. Tom l'observait attentivement en faisant des percussions avec la cuillère en bois sur le bord du saladier.

– Voilà ! Tu vois, le jaune a disparu !

Léa pencha légèrement le récipient vers les yeux ronds de son fils puis versa le mélange homogène dans le grand récipient.

– Ouaw ! C'est grole maman…

– On dit c'est DRÔLE avec un D… de… de drôle… répète après maman, drôle…

– … d… d… drôle.

– Youpi ! Bravo Tom ! Tu es un grand garçon ! Te souviens-tu du morceau de beurre et des carrés de chocolat que j'ai fait fondre au micro-ondes tout à l'heure ?

– Oui… oui…

– Eh bien, nous allons aussi le verser dedans… voilà…

– Hmm… il sent bon le chocolat maman…

– Quelle est la couleur du chocolat, Tom ?

– Marron ! Marron, chantonna Tom et il trempa son index dans le restant de chocolat fondu.

— Bon maintenant on verse la préparation dans le moule… comme ça… Tiens mon poussin, tu peux lécher le plat si tu veux.

Léa lui tendit le récipient et s'en alla enfourner le moule dans le four chaud.

— Dans trente petites minutes, on va se régaler ! Et pourquoi allons-nous nous régaler ?

— Euh… Parce que c'est bon !

— Oui et pourquoi c'est bon ?

— Euh, parce qu'il y a du chocolat !

— Oui, c'est fait avec beaucoup d'a…

— … d'amour… ma maman d'amour.

Il sauta dans les bras de sa maman pour l'enlacer tendrement.

— Après mon poussin, on laissera le gâteau refroidir et on y collera ensemble des Smarties de toutes les couleurs…

— Oh oui maman… un visage qui sourit… qui sourit comme papa quand il parle de toi maman.

* * *

— Bon, voyons un peu ce que nous avons là !

L'homme cliqua pour activer l'ouverture du fichier compressé joint. Commença la lecture du document PDF de sept pages. Plissa les yeux. Sourit. Ouvrit un autre fichier. Sourit. Ouvrit enfin le troisième et dernier fichier regroupant quatre photos.

Cette fois-ci, il fronça les sourcils, accentuant sa ride du lion. Tapa nerveusement ses doigts sur le bureau. Se mordilla les lèvres.

— Alors comme ça, on prend un après-midi de congé pour se venger de son patron ! Bien joué, Ellen !

L'homme transféra le message à une autre adresse électronique. Retourna dans la boîte d'Éléments envoyés. Effaça le dernier envoi. Retourna dans la boîte de réception. Cliqua sur le message et activa la fonction « non lu ».

Il se leva du fauteuil, se traina vers le minibar mobile de la chambre d'hôtel et y sortit un petit flacon de whisky. La couleur ambrée du liquide qu'il versait scintillait à travers la transparence du verre octogonale. Une fois que celui-ci fut plein à ras bord, il but d'un trait. Il eut une grimace, mais il se resservit une deuxième fiole. Il déposa ses lèvres tremblantes sur le bord du verre et avala cette fois-ci par petites gorgées. Il fallait qu'il boive. Qu'il hydrate cette gorge sèche qui, se serrant de plus en plus, le menaçait à tout instant d'asphyxie. Il ressentit du reste une sorte de vertige qui l'obligea précipitamment à regagner son fauteuil, en empoignant fermement le col du flacon.

– Vivement demain ! … Pour la grande cérémonie d'ouverture des hostilités ! grommela Xavier Lamarque un sourire en coin.

***

– C'est chouette d'aller au parc avec toi, maman ! Et j'ai plein d'amis au parc moi, maman ! répéta Tom gaiement, son ballon jaune et bleu sous le bras, en s'arrêtant au niveau du passage piéton.

– Peux-tu rappeler à maman ce qu'il faut faire avant de traverser la rue, mon poussin ?

– On regarde si le feu est rouge. On regarde à droite, on regarde à gauche, énuméra le garçonnet en glissant la main dans celle de sa mère puis en sautillant sur le trottoir.

– Bravo, mon poussin ! Alors, maintenant que l'on a bien vérifié, on peut donc traverser en toute sécurité !

— Tu vois au parc de jeux, il y a un peu les mêmes règles ! T'en souviens-tu ? Avant de faire une glissade sur le toboggan ou d'utiliser la balançoire, que dois-tu faire ?

— Je dois attendre pour ne pas faire tomber un plus petit enfant, car moi je suis un grand, maman.

— Exact ! S'il y a déjà un enfant sur l'échelle, tu ne grimpes pas, tu ne te précipites pas sur les modules de jeux pour ne pas provoquer d'accidents.

— Tu sais maman, la dernière fois Matthieu il n'a pas attendu son tour ! Nous, on était à la queue leu leu et lui il est passé devant tout le monde ! Il est chiant Matthieu !

— Tom, il ne faut pas dire de vilains mots !

— Chiant, c'est un vilain mot, maman ?

— Oui, mon poussin c'est un très vilain mot… à la place tu peux dire par exemple : embêtant ou fatiguant, d'accord mon poussin ?

— Oui d'accord maman que j'aime ! cria Tom en courant vers leur banc habituel sur lequel un homme lisait un journal. Papa ! Mon papa chéri !

Léa regarda l'homme déposer son journal sur le banc et écarter les bras où Tom vint s'y jeter.

— Regarde maman ! C'est papa ! Je peux aller au toboggan, maman ?

— Oui mon poussin, fait bien attention à toi ! Maman te surveille de loin !

— Quelle surprise ! Hier, tu ne m'avais pas dit que tu viendrais ici…

— Pourquoi ? Sinon vous ne seriez pas venus ! proposa l'homme en souriant.

Il tapota le siège du banc de son journal pour enlever quelques grains de sable et invita Léa à s'asseoir d'un délicat signe de la main.

— Bien évidemment que nous serions tout de même venus. Tom adore ce parc !

— Normal, il ne s'agit pas de n'importe quel parc !

Léa baissa le regard. Un petit moineau ébouriffé lissait ses plumes soyeuses aux reflets caramel et beige. En sautillant, il s'approcha de sa jambe. Elle claqua un talon sur le sol et il s'envola aussitôt.

Puis elle reporta son attention sur Tom qui grimpait sur l'échelle du toboggan pour la deuxième fois.

— Te souviens-tu comme nous étions bien sur ce banc toi et moi ?

— Ça remonte à des lustres ! La seule chose que je me rappelle c'était le froid intense… on était complètement gelés… je frôlais l'hypothermie.

— D'ailleurs, j'en avais profité pour me rapprocher afin que tu puisses te blottir dans mes bras. On était dans notre bulle d'hiver, seuls au monde.

— Ouais… six mois plus tard, je t'annonçais ma grossesse et tu disparaissais à plus de 8000 kilomètres. Oui, je m'en souviens, en effet.

— J'étais jeune. J'étais con. J'étais jeune et con.

— Et maintenant, tu vas m'annoncer que tu es vieux et intelligent ?

— L'arrivée de Tom dans notre vie m'a donné la chance de beaucoup mûrir, tu sais. Je regrette de ne pas avoir été présent avant… de ne pas t'avoir accompagnée ni soutenue, déclara-t-il ému en observant Tom courir et s'amuser avec les autres enfants.

— Les regrets ne servent à rien. Ce qui compte c'est que tu sois devenu un super papa pour notre fils. Il est heureux et c'est ça le plus important.

— J'ai vraiment beaucoup réfléchi ces derniers temps et si tu le veux bien, j'aimerais que l'on prenne le temps de discuter au calme toi et moi. Léa ?

— Quoi ?

— T'arrive-t-il de penser à moi ? Je veux dire à nous ?

Léa demeurait silencieuse ne détachant pas son regard de Tom.

— Je t'aime toujours…

Léa ne répondit toujours pas, mais cette fois posa sa main sur celle de Daniel.

***

À peine rentrée, toujours vêtue de l'uniforme d'agent de sécurité, Judith affalée sur son canapé tapotait déjà un message à Aymeric et l'envoya à son numéro. Le bon cette fois-ci. Avec le chiffre un à la fin et non le sept.

« Pas étonnant que l'autre m'ait pris pour une cinglée ! Et moi qui persistais en plus », se remémora-t-elle en riant nerveusement. Puis elle décida d'aller prendre une douche pour descendre en pression et se vider l'esprit.

Ce n'est qu'en sortant de la salle de bain au bout d'une quinzaine de minutes qu'elle prit connaissance de ses messages. Il y en avait deux. Deux d'Aymeric.

Aymeric : 15:17 – Salut Judith ! Oui bien sûr. Ce soir ? 18 h ?

Aymeric : 15:31 – Un autre soir alors ?

Ses mains tremblaient au point qu'elle échappa le téléphone sur le siège du canapé. Il avait accepté son invitation. Elle avait d'abord pensé aller prendre un verre. Puis avait vite trouvé l'idée un peu ringarde. Pour finalement se rabattre sur la proposition d'une balade dans les allées du parc au soleil couchant.

Son cœur battant la chamade, elle lui répondit : « OK, pour ce soir 18 h ! » et se précipita dans sa chambre se préparer.

Vers cinq heures, Judith s'installa à la table faisant face à l'entrée principale du parc. De là, elle aurait une vue parfaite des grilles. Elle commanda une boisson gazeuse sans sucre avec beaucoup de glaçons et une rondelle de citron, déplia devant elle un journal qui traînait sur la chaise voisine et fit mine d'être absorbée par la lecture. Les articles traitaient essentiellement des dérèglements climatiques et de leurs conséquences dramatiques d'ici 2080. Elle sera morte et enterrée d'ici là, pensa-t-elle en haussant les épaules et en déposant le journal sur la table.

De quoi allait-elle lui parler ? Elle avait pensé rédiger une liste de sujets intéressants, mais elle avait séché côté inspiration.

La mélodie « Over the rainbow » de l'alarme de son portable la délivra soudain de ses pensées. Cinq heures cinquante-cinq. Elle mit un billet de dix dollars sous le verre vide, se leva, traversa la rue et franchit l'entrée du grand parc.

Assise dos droit et jambes serrées sur un banc, à l'extrémité d'un sentier obscurci par la cime des arbres, Judith respira un coup aussi grand que les coutures serrées de la robe le lui permirent et ne bougea plus.

L'image d'Enrique lui traversa l'esprit. À l'époque où ils se fréquentaient, il venait quasiment tous les soirs ici faire son footing après le boulot. Aussitôt, elle éteignit son téléphone pour éviter d'être dérangée. Manquerait plus qu'il sonne juste au moment où Aymeric et elle s'embrasseraient. Enrique avait toujours le chic pour l'appeler ou la texter au mauvais moment. Même si cela demeurait de l'ordre professionnel, à croire qu'il le faisait exprès ! Elle se dit qu'il était hors de question qu'il lui gâche sa soirée ! Pour une première rencontre, un endroit plus neutre aurait été plus approprié finalement. Tout était calme, en retrait de tout. Juste le bruissement du vent dans les feuilles nuancées de roux et d'ambre.

— C'est fou ce que la nature est belle en automne, pensa-t-elle.

Au loin, la cloche de la paroisse de l'Immaculée-Conception résonnait la demie de six heures, motivant les derniers joggeurs et cyclistes à déserter les pistes ceinturant le bassin. Judith décroisa et recroisa nerveusement les jambes. Trente minutes à poireauter sur ce fichu banc et toujours aucun signe du mec. Elle n'en revenait pas. À ce stade, cela s'appelait se faire poser un lapin ! Ou alors était-ce elle qui avait mal compris ! Pourtant, elle avait suffisamment lu et relu le message pour le réciter par cœur : « Salut Judith ! Oui bien sûr. Ce soir ? 18 h ? »

Bon sang ! Pourquoi n'arrivait-il donc pas ! Elle lui donnait encore dix minutes. Et dans dix minutes pétantes, elle ficherait le camp de ce tas de bois pourri où elle se les gelait sévère et commençait à avoir des furoncles sur les fesses !

Soudain, derrière elle, il y eut une pression sur son épaule.

— Ainsi tu as attendu ! Attendu tout ce temps, seule dans le froid, annonça une voix étouffée.

— Aymeric ! interrompit-elle sur une note de soulagement en s'apprêtant à faire volte-face.

— Ma parole… c'est une blague ? Tu n'as pas osé me faire un coup pareil !

— Ben quoi ! Il est passé où ton sens de l'humour Juju ?

— Je t'interdis de m'appeler Juju, Enrique ! Que fabriques-tu ici ?

— Bah, tu m'as bien donné rendez-vous !

— Ne me dis pas que tu es derrière toute cette comédie ! … Je suis trop furax de chez furax ! cria Judith en se levant, sur le point de partir.

— Non, non, attends, je vais tout t'expliquer ! Je t'en supplie, écoute-moi !

— Bon, d'accord vas-y, mais tu as juste deux minutes alors soit convaincant ! Bref et convaincant !

— Judith, je sais que je me suis comporté comme le dernier des tocards avec toi ! Tu m'aimais… et je t'aimais moi aussi… même si cela ne se voyait pas…

— Ça c'est le moins que l'on puisse dire !

— Chaque fois que je te vois Judith, j'ai comme un sentiment d'inachevé. Oui, j'ai été faible plus d'une fois. Je suis prêt à mettre tout en œuvre pour te prouver que je suis capable de changer pour enfin te mériter…

— Bla, bla-bla… C'est bon là, tu as fini ? Et le coup du largage comme une vieille chaussette par SMS ? Hein ! T'en fais quoi ?

— Je sais que tu m'en veux ! Et tu as raison de m'en vouloir… je sais que j'ai l'image du dragueur beau gosse… mais bon ce n'est pas de ma faute, moi, si j'ai la côte auprès des femmes. Ce n'est pas tous les jours facile, tu sais !

— Euh, ça va, tu n'as pas trop les chevilles qui enflent là ?! Moi, ce que je voudrais savoir c'est ce qu'Aymeric vient faire dans cette histoire ! Comment se fait-il qu'il m'ait remis ce numéro en me faisant croire qu'il s'agissait du sien !

— Tu veux savoir ? Cela m'a fait l'effet d'un électrochoc quand j'ai su que tu avais craqué sur lui. J'ai réalisé que durant tout ce temps je papillonnais à gauche à droite pour essayer de t'oublier ! Oublier que je t'avais perdue. Oublier à quel point tu comptais pour moi ! Tu ne souhaitais même plus que l'on se voie à l'extérieur du boulot ! Par moment, j'avais même l'impression que tu me détestais…

— Alors un bon matin tu t'es dit : Hey ! je vais me foutre de sa gueule en créant cette mise en scène ! Tu me prends pour une conne ?

— Jamais je ne te considèrerais de la sorte. Tu es belle, forte, pleine d'esprit… surtout quand tu arrêtes d'être bornée ! Aymeric et moi, on s'est connus à la salle de sport ! De fil en aiguille, j'ai fini par lui parler de toi… de nous. Au début, c'est parti d'une plaisanterie et puis on s'est dit après tout, pourquoi ne pas essayer ? Tu n'étais pas censée me donner un rencard si vite, en fait ! Je pensais qu'on aurait discuté plusieurs jours par textos, le temps nécessaire de tâter le terrain et alors j'aurais enlevé le masque d'Aymeric pour te révéler mon vrai moi... Je t'aime Judith...

— Enrique... les deux minutes sont écoulées...

De retour chez elle, Judith se sentit submergée par les émotions. Les émotions ravivées de leur douloureuse séparation. Elle éclata en sanglots.

À l'époque, elle était sortie de la vie d'Enrique tout comme elle y était entrée. Par l'entrée des artistes. C'est-à-dire celle du fond. Dans la plus totale indifférence. Pour sa plus grande souffrance. Même si elle l'aimait encore, elle se devait de tourner la page. Son téléphone annonça l'arrivée d'un texto.

Enrique : *18 h 42 – Cela m'a fait plaisir de te revoir (hors travail).*

Elle se trouva subitement sotte d'avoir cru vivre une belle histoire d'amour avec Aymeric.

« Tout ça à cause des bobards de cette charlatante de voyante ! Camille avait raison ! ...» pesta-t-elle en plongeant son visage dans le coussin du canapé. Son prénom commence par une voyelle et se termine par « ic » ! Quelle conne j'ai été... mais quelle conne ! quelle... »

Judith s'interrompit net. Répéta mot à mot ce qu'elle venait juste de penser. Écarquilla les yeux.

— Mais... Mais oui, c'est lui, c'est Enrique dont la voyante parlait depuis le début ! Son prénom commence bien par une voyelle et se termine par le son « ic » si on ne le prononce pas avec l'accent hispanique ! déduit-elle à voix haute, les traits du visage reposés et en lisant le second texto.

Enrique : *18 h 46 – Il passe ta chanson préférée à la radio. J'espère que tu es bien rentrée.*

Alors Judith s'allongea de tout son long. Réfléchit. En fermant les yeux, elle se dit qu'elle ne se jetterait pas dans ses bras. Elle prendrait tout son temps. Que s'il l'aimait tant que cela, il l'attendrait. D'ailleurs comme le disaient si bien les esprits : « Ils seraient réunis avant la fin de l'année ! »

* * *

Cynthia se surprit une fois de plus à sourire toute seule dans la cuisine. Ils avaient passé la quasi-totalité du dimanche à faire l'amour… comme avant. Elle avait oublié combien elle aimait ça, faire l'amour avec Francis. Tout avait été parfait… ou aurait été parfait si par moment, le visage d'Aymeric n'était pas venu s'interposer par flash les fois où elle fermait les yeux. Elle avala une dernière gorgée de café au lait. Déposa son bol dans l'évier en se disant qu'elle ferait la vaisselle ce soir en rentrant. Elle programma une seconde fois la cafetière. Ressortit du placard le paquet de tranches de pain mie qu'elle déposa à côté du grille-pain. Par contre, elle replaça la boîte de céréales au chocolat dans l'armoire.

Ce matin, Francis s'était levé du mauvais pied. Il avait trouvé le café trop fort, les toasts trop cuites et les céréales trop molles. Puis il avait filé sous la douche. D'ailleurs, dix minutes s'étaient écoulées depuis et elle entendait encore d'ici les jets de l'eau.

L'horloge du four qui indiquait déjà sept heures cinquante-deux. Son bus passait dans douze minutes. Pas le temps de se brosser les dents. Elle ouvrit le robinet de l'évier de la cuisine. Se pencha en dessous, remplit sa bouche d'eau, secoua le liquide et recracha le tout dans l'évier.

Dans l'entrée, elle ouvrit son sac à main, s'assura de la présence de sa carte de transport.

Elle sortit un chewing-gum à la menthe de son emballage et le mit dans sa bouche. Son regard se figea quelques secondes sur l'enveloppe mauve. Celle contenant le bout de carton et le ticket de caisse. Elle sourit. Retourna dans sa chambre. Ouvrit un tiroir. Fila à la cuisine. Prit le stylo accroché par une ficelle au carton en liège regroupant les coupons de promotion de la semaine à venir. Griffonna quelques lignes suivies d'un cœur. Puis sortit de l'appartement.

Assis en boule sous la pression des jets d'eau chaude du pommeau de douche, Francis pleurait. Pour lui, c'en était trop. Tous ces mensonges. Tout ce stress. Et pourquoi ? Sauver les apparences ! Eh bien, il en avait marre de sauver les apparences ! Dimanche, l'écran de son téléphone n'avait pas cessé de flasher. Au bout du huitième, il lui avait envoyé un message en cachette de Cynthia, puis avait carrément éteint son téléphone sans attendre la réponse. Cette mascarade virait au harcèlement.

Si pour certains le triple six signifiait la malédiction du diable dansant au milieu des flammes destructrices de l'Enfer. Bah, pour lui c'était le trente-sept, suivi du triple zéro. Il avait vendu son âme pour trente-sept mille dollars. Sauf que son diable à lui portait des bas de contention.

Il se revoit encore assis face à elle, en train d'enregistrer sa demande d'ouverture de portefeuille d'investissement. Elle, le dévorant littéralement des yeux, et lui, s'efforçant de sourire.

« Je me sens excitée comme une puce ! … Je me demande bien quels titres acheter et combien ? »

« Vous savez, mon rôle est de vous conseiller au mieux ! L'important étant de garder en mémoire que la bourse fluctue suivant des cycles d'expansion et de récession au fil de l'économie ! »

« Y a-t-il un problème avec mon dossier ? Je devine comme une légère contrariété dans votre voix… »

« Non, non, tout est complet, les fonds viennent à l'instant d'être déposés sur la plateforme. Hier, j'ai appelé l'ensemble de mes clients pour les aviser d'un changement, mais puisque vous aviez vivement insisté pour venir procéder à l'activation du compte à mon bureau, je me suis alors dit que j'en profiterais pour vous l'annoncer de vive voix. Voilà, je quitte mes fonctions à la fin du mois… mais rassurez-vous concernant la gestion de vos comptes, mon successeur aura la vie facile avec vous… »

« Mais… non… non… enfin je veux dire, mais pourquoi ? »

Et c'est là qu'il aurait dû se taire, se lever et la reconduire professionnellement à la porte.

« Vous souvenez-vous du jour où vous m'aviez confié votre dépendance à l'alcool ? Eh bien, je souffre de la même concernant le magasinage. Je passe des heures en ligne à acheter tout et n'importe quoi… c'est plus fort que moi. »

« Oh, mais quel est le rapport avec votre départ ? »

« Usage abusif d'internet au travail ! Je me déteste à un point… Et mon épouse qui ne se doute de rien… »

« Je devine que lorsque vient l'heure des comptes cela ne doit pas être glorieux en effet. Que diriez-vous si je m'arrangeais pour que vous conserviez votre emploi au sein de cette banque ? »

« Je vous serai éternellement reconnaissant, mais pourquoi et comment feriez-vous cela ? Ils sont allés jusqu'à effectuer une enquête de crédit et ont estimé que je constituais un risque potentiel de fraude ou de vol pouvant ternir l'image de l'institution financière. Bientôt, je n'aurai plus de travail. Je suis à découvert de trente-sept mille… Je suis au fond du trou… »

« Le pourquoi, ça cela me regarde ! Quant au comment, ne craignez rien ! Cette grande perche de Beauclair me mange dans la main ! Il a bien trop les chocottes que je ferme mon compte à huit chiffres de sa banque ! »

Puis, elle s'était levée et avait quitté la pièce après l'avoir salué.

Le lendemain à la première heure, il fut convoqué en grande pompe par le directeur de la banque. Quand il entra dans le bureau, Charles Beauclair l'attendait, raide comme un piquet au côté de Marguerite Burlais. Son congédiement n'était plus à l'ordre du jour, il s'agissait même d'un malentendu. À midi pile, son poste téléphonique sonnait. C'était elle. Elle l'invitait au restaurant d'en face. Se sentant redevable, il avait accepté. Au service de l'entrée, la raison du pourquoi avait franchi ses fines lèvres peintes en rouge. Une unique heure en sa compagnie. En remerciement du service rendu. Soixante ridicules minutes d'ébats sexuels dans l'anonymat des draps d'une chambre d'hôtel et il pourrait dire adieu au lourd cumulatif des quatre cartes de crédit et des deux mensualités de paiement d'auto en retard.

Bref, mis à part un léger cas de conscience, ce n'était pas cher payé pour effacer aussi rapidement une telle ardoise ! avait-elle aussi renchéri en sa faveur. Il avait jusqu'au dessert pour y réfléchir. L'entrée à peine terminée, il avait accepté de sceller ce pacte. Quand le serveur arriva avec le plat principal, elle demanda l'addition. La minute suivante, il s'offrait à elle sur l'autel des sacrifices. Il reçut un premier versement de dix mille dollars qui lui permit de calmer un peu l'avalanche d'appels téléphoniques des créanciers. La semaine suivante, elle lui promit de lui verser l'intégralité du reste en échange d'une ultime heure de plaisirs supplémentaire. Il reçut cinq mille dollars avec en cadeau la menace de tout révéler à sa femme. Deux mois que ce troc durait. Deux mois qu'elle tenait au-dessus de sa tête cette épée de Damoclès avec délectation.

Francis ouvrit les yeux. La cabine de douche était devenue un véritable sauna. La peau de ses doigts était flétrie. Il se leva. Ferma le robinet. Sortit en attrapant une serviette jaune au passage. La noua autour de la taille. Son regard s'arrêta sur son reflet brouillé dans le miroir embué. Il caressa la surface de la paume de sa main. Se regarda à nouveau.

En longeant le couloir, il réalisa que Cynthia était déjà partie. Il fit la moue. Dans la chambre, il s'assit sur le lit et alluma son téléphone. 22 Messages non lus. 4 appels en absence. Aucun message vocal.

Carabosse : *8 h 36 – Coucou mon étalon !*

Carabosse : *9 h 02 – Peux-tu te libérer ?*

Carabosse : *9 h 24 – Tu dois encore dormir. Tu as raison de prendre des forces…*

Carabosse : *10 h 47 – Coucou !*

Carabosse : *10 h 52 – Alors ? Tu viens oui ou non ??*

Carabosse : *10 h 54 – C'est elle qui t'interdit de sortir ? Tu as intérêt de venir !*

Carabosse : *10 h 57 – Tu pourrais avoir la politesse de répondre !!!*

Carabosse : *11 h 09 – Je ne vais pas rester sagement toute la journée à t'attendre !*

Vous : *11 h 17 – Je n'en peux plus. J'arrête. Fais ce que tu veux.*

Appel en absence à 11:19

Appel en absence à 11:22

Carabosse : *11 h 23 – Je tombe directement sur ton répondeur ! Depuis quand éteins-tu ton téléphone ?*

Carabosse : *11 h 34 – Je dois te parler. C'est IMPORTANT !*

Carabosse : *11 h 49 – Je te DÉTESTE.*

Carabosse : *11 h 55 – Espèce de VOLEUR ! PROFITEUR ! Ne me pousse pas à bout ! Je peux te détruire.*

Carabosse : *12 h 52 – Je suis désolée. Je ne le pensais pas. Réponds-moi !*

Appel en absence à 12:58

Carabosse : *13 h 23 – Je sens que je vais faire une bêtise… Je vais vraiment mal.*

Carabosse : *13 h 34 – Tu t'en fiches de moi…*

Appel en absence à 13:41

Carabosse : *14 h 49 – Tu pourrais au moins faire semblant de t'inquiéter !*

Carabosse : *15 h 23 – Mon dimanche est gâché à cause de toi !*

Carabosse : *17 h 34 – Très bien. Tu veux partir, pars ! Mais je veux récupérer le BRACELET en souvenir.*

Carabosse : *19 h 18 – Réponds !*

Carabosse : *19 h 57 – ???*

Carabosse : *21 h 52 – ???*

Après une profonde respiration, il pianota sur le clavier de son téléphone et attendit :

Vous : *8 h 27 – Si je te rapporte le bracelet, me laisseras-tu tranquille ?*

Carabosse : *8 h 31 – Oui, tu as ma parole !*

Vous : *8 h 32 – OK ! Je te le remettrai à 12 h 30.*

Carabosse : *8 h 34* – OK, pour 12 h 30 à l'hôtel.

Vous : *8 h 35 – NON ! 12 h 30 à l'arrêt de bus en face de la banque.*

Francis sentait que son cœur allait exploser tant la réponse tardait. La notification indiquait pourtant que le message avait bien été lu. Dix longues minutes s'étaient écoulées. Il n'avait pas osé s'éloigner de l'appareil pour s'habiller, encore moins pour aller se servir un café alors qu'il partait travailler dans quinze minutes.

« Réponds, bon sang ! Réponds ! » martelait son cerveau contre la paroi de son crâne.0

Carabosse : *8 h 47 – Parfait. C'est comme tu veux. À+*

Enfin, il sentit qu'il put expirer. Il se jeta sur la table de nuit du côté du lit de sa femme pour ouvrir le tiroir. Rien.

« Elle l'avait pourtant rangé là hier soir. J'en suis sûr ! »

Il se précipita vers l'armoire. Souleva les piles de vêtements de Cynthia. Rien. Déversa sa boîte à bijoux sur le carrelage de la salle de bain. Rien.

— Mais où a-t-elle pu… Non, ne me dis pas qu'elle a décidé de le porter à son poignet au travail ! Non ! ragea-t-il tout en s'habillant à la hâte.

Il se devait de retrouver ce bracelet. Marguerite avait exigé de lui qu'il l'accompagne à cette bijouterie pour l'aider à le choisir. « Ton avis compte beaucoup ! Ainsi c'est comme si ce petit cadeau que je m'offre avec mon argent venait de toi ! » l'avait-elle supplié, lorsque pressé de retrouver sa femme au restaurant pour leur troisième anniversaire de mariage, il avait décliné la proposition. « Si tu refuses, je te jure de débarquer au beau milieu de ton fichu souper et de faire un esclandre à tout casser ! Et après ça, on verra s'il y en aura d'autres d'anniversaires ! » Devant le défilé interminable de breloques hors de prix, son choix sembla se porter sur ce bracelet. Elle lui demanda s'il lui allait bien. Pour mettre fin au calvaire, il avait répondu oui.

Désemparé, il entra dans la cuisine. Aperçut une note aimantée sur le frigo. Reconnut l'écriture de Cynthia. Poussa un cri déchirant et s'effondra à genoux.

« Mon amour, avant d'aller bosser, j'irai rendre le bracelet à la bijouterie.

Le remboursement paiera les mensualités en retard de l'auto.

Merci encore. Il était magnifique ! Je t'aime. »

* * *

Assise sur la moquette de sa chambre, les genoux pliés sous le menton, le texto qu'elle venait d'envoyer lui avait déchiré le cœur. Fissuré son invincible armure d'acier.

Elle avait toujours porté une tendresse inhabituelle à son conseiller financier, Francis Laporte. Un jeune aux belles dents blanches, de vingt-quatre ans son cadet, qui avait rapidement su dédramatiser, l'an passé, une situation pénible à vivre pour elle et que son ancienne banque trouvait insurmontable.

À leur première rencontre, elle avait feint l'évanouissement pour qu'il ait pitié de cette pauvre femme sur le point de perdre sa maison. Ses bras puissants qui lui enserrèrent alors la taille lui avaient fait ressentir une force vive qui ne lui déplut pas. Furtivement, elle avait jeté un œil à la main gauche de l'homme, mais l'alliance qu'elle y vit ne la découragea pas. Bien au contraire ! Durant huit mois, elle avait écumé les stratagèmes pour multiplier des rendez-vous : explication de taux, ouverture de livret, placement boursier… Chaque fois, elle passait des heures folles dans la salle de bain à tenter de camoufler les traces injustes du poids des années sur son visage, son cou et ses mains. Chaque fois, c'est le cœur battant comme celui d'une midinette qu'elle s'impatientait de voir surgir d'une seconde à l'autre son jeune conseiller financier de derrière la porte de son bureau. La concurrence était rude. Dans la salle d'attente, elle ne pouvait s'empêcher de dévisager les autres femmes. Les plus jolies l'agaçaient, quant aux plus jeunes n'en parlons pas ! Maquillées, coiffées et parfumées au possible, à coup sûr, elles en pinçaient aussi pour lui.

Puis un jour, il y eut ce coup de téléphone.

« Bonjour madame Marguerite Burlais ! C'est monsieur Laporte, votre conseiller financier ! Comment allez-vous ? »

« Oh, monsieur Laporte ! Bonjour… Oui, je vais bien merci… »

« Parfait, parfait ! Donc la raison de mon appel… »

« Oh monsieur Laporte, je profite de votre appel pour savoir s'il serait-il possible de vous rencontrer demain en début d'après-midi ? Je me sens l'envie de boursicoter ces jours-ci et comme il s'agit pour moi d'un territoire inconnu je me suis dit qui d'autre que vous pourriez m'éclairer ! Disons une heure et demie ? ... »

« Euh, une heure et demie ? Hmm… attendez un instant que je vérifie… Oui, c'est bon je suis disponible. J'en profiterai donc pour vous annoncer une nouvelle ! Alors, nous nous voyons demain à une heure et demie, madame Burlais. »

« … oui… à demain monsieur Laporte. »

La conversation avait duré à peine une minute. Après avoir raccroché le combiné, elle s'était trouvée stupide d'avoir évoqué l'idée de placements boursiers. Toutes ces escroqueries et autres délits d'initiés qui faisaient régulièrement les manchettes de journaux l'avaient dégoûtée à vie de l'envie de s'y intéresser. Mais, la gorge serrée par le fiévreux besoin de le revoir, ses paroles avaient giclées de sa bouche sans l'autorisation de son cerveau.

Elle avait donc passé tout le restant de l'après-midi sur les sites de bourse pour s'informer, car amoureuse ou non, il n'était nullement question qu'elle investisse son argent dans l'achat d'action de n'importe quelle société.

Insomniaque, la nuit fut occupée à imaginer toutes sortes de scénarios aussi saugrenus les uns que les autres. « *Francis Laporte lui déclarant sa flamme.* » « *Francis Laporte lui arrachant sa robe.* » « *Francis Laporte la violentant sur son bureau.* » Francis Laporte… Francis Laporte…

Francis et elle, amants ! Ridicule ! pensait-elle à chaque clap de fin.

Eh bien, pas si ridicule que cela finalement ! À une heure quarante-six, lever de rideaux. Francis Laporte allait se faire virer. L'horreur. Elle sentait l'épaisse couche de fond de teint liftant craqueler sur sa peau et lui figer son visage fané, comme celui d'un clown triste. Mais c'est alors qu'il lui décoche toutes les munitions nécessaires pour parvenir à ses fins. Transformant ce qui aurait dû lui briser le cœur en plan d'attaque.

Ce fut donc d'un pas décidé, le sac à main nerveusement coincé sous le bras, qu'elle se rendit chez ce dadais de Beauclair. En deux coups de cuiller à pot, elle le convainquit de le garder en emploi.

En sortant de la banque, elle s'était assise sur un banc pour reprendre son souffle. Le sac posé sur ses cuisses, elle chercha une cigarette. Francis Laporte avait un besoin urgent d'argent. Cela tombait bien, car de l'argent, elle en avait. Et pas qu'un peu ! Ses doigts se refermèrent sur un paquet de Gauloises vide. Elle pesta en se jurant ce jour-là de trouver deux choses. Tout d'abord un bureau de tabac. Ensuite, un moyen de posséder cet homme…

Du revers de la manche, elle effaça le sillon d'une larme sur sa joue, puis se rendit dans la salle de bain attenante à sa chambre. Elle prit un verre et le remplit à moitié d'eau du robinet. Sortit de la poche de son peignoir une boîte pleine de somnifères qu'elle déposa près d'une cuillère à café. Ses mains étaient couvertes de petites taches brunes. Cette vision la remplit d'amertume comme si elle venait de découvrir qu'elle devenait une vieille femme.

Elle vida le contenu et écrasa les comprimés à même le comptoir en marbre du lavabo avec le dos en métal jusqu'à ce qu'il n'y ait plus de gros morceaux. Du bout des doigts, elle réunit la poudre en une motte blanche qu'elle versa dans le verre. Les particules lourdes tombèrent dans le fond. Elle mélangea bien le tout, but d'une traite et regagna son lit. Dans la tiédeur des draps, Marguerite Burlais n'avait plus qu'à attendre que le breuvage fasse son œuvre. Francis ne l'aimerait jamais. L'amour ne s'achète pas. Elle se signa trois fois puis baisa le médaillon de la Sainte Vierge Marie qu'elle portait autour du cou. Elle savait qu'elle accepterait la mort sans peur ni cri. Sans regret ni remords.

Soudain, dans sa main droite, une vibration. Un message. Elle jeta un œil vers l'écran. Expéditeur : Francis. Elle lut le contenu. Se redressa. Bondit hors du lit. Se précipita vers la toilette. Enfonça deux doigts dans la bouche pour se faire vomir.

L'instant d'après, c'est le visage impassible qu'elle pressa le cinquième nom de la liste de ses contacts.

« Bijouterie Le Diamant bleu, bonjour ! »

« Bonjour, Geneviève, c'est Madame Marguerite Burlais à l'appareil… »

« Madame Burlais, que nous vaut le plaisir de votre appel ? »

« C'est au sujet du bracelet… »

« Le Riviera Maya, je m'en souviens très bien ! Une pièce de toute beauté ! J'espère que vous en êtes pleinement satisfaite ! »

« Pas vraiment en fait ! On vient de me le voler. »

« Oh, rassurez-vous madame Burlais, cette qualité d'orfèvrerie ne peut se revendre sans attirer l'attention. De notre côté, nous resterons en alerte. La bijouterie de grand luxe est un petit milieu, comme vous le savez. Je présume que vous avez déjà porté plainte ! »

« Vous présumez bien… je savais qu'en tant que fidèle cliente je pouvais compter sur votre appui ! »

« Il y va de soi, madame Burlais. »

Marguerite raccrocha, redressa le menton et se pinça les lèvres.

« Le combat est loin d'être fini, mon cher Francis. D'ailleurs, la guerre ne fait que commencer ! » bougonna-t-elle après avoir relu les deux lignes du message.

Francis : 9 h 15 – Je n'ai plus le bracelet. Désolé.

* * *

Quand elle rentra sur le plateau, elle ne s'attendait pas à trouver tous les box désertés. Ses collègues avaient-ils décrété une grève-surprise ? Elle regarda par la fenêtre. Pas le moindre attroupement d'employés démotivés et en colère brandissant des pancartes de mécontentements à la vue de journalistes sur le stationnement privé. Par contre, plein de véhicules stationnés en épi, dont une voiture de police, une ambulance et un petit groupe d'agents de la sécurité parmi lesquels elle crut reconnaître Judith et Enrique.

_ Ah, ben, enfin tu es là ! Tu as manqué la réunion… Rejoins-nous vite dans la salle de pause ! interpella soudainement la voix d'une Nathalie Dupont dans l'encadrement de la porte.

Léa fit volte-face.

— Une réunion ! Quelle réunion ?

— Ben… la réunion de crise, pardi ! répondit l'autre lorsque Léa abasourdie entra dans la salle de pause curieusement surpeuplée. Elle chercha Camille et Cynthia du regard et finit par rejoindre Camille et Audrey la petite stagiaire face à un large tableau de liège tapissé de feuilles.

— Que se passe-t-il ? À ce qu'il paraît, j'aurais raté une réunion ? As-tu remarqué l'ambulance et la voiture de flics sur le stationnement arrière ? Lamarque a mis les voiles ou quoi ?

— Ouais ! Enfin, façon de parler ! Il s'est fait sauter le caisson dans son bureau il y a une heure ! Burlais vient de nous balancer l'info ! annonça Camille sans cérémonie, le regard figé sur le nouvel organigramme.

Audrey, quant à elle, acquiesça simplement de la tête d'un air grave.

— Ah ben, ça alors ! Mais c'est horrible ! échappa Léa en se laissant tomber sur la chaise la plus proche… et Cynthia où est-elle ?

— Pas vue ce matin…

— Paraît-il que les policiers ont dû ramasser sa cervelle dégoulinante à la petite cuillère pour réussir à la mettre dans de petits sacs en plastique, formula Audrey en grimaçant.

— Mouais… mais il aurait pu au moins signer la validation de la promo avant, ce con ! lâcha Camille sans sourciller.

Les deux autres s'échangèrent un regard éberlué suite à la remarque et portèrent à leur tour l'attention sur l'affichage. Précisément la ligne en pointillé sur lequel figurait le nom de l'employé promu au poste de Superviseur : CAMILLE LACOSTE.

— Ça y est les mouches s'excitent ! fit remarquer un grand rouquin à un policier en étirant le menton en direction de la vitre dont les stores levés offraient une vue d'ensemble du bureau.

En effet, deux femmes au teint pâle, frôlant l'évanouissement, s'agrippaient au bras de l'une et de l'autre, pour ne pas tomber. Un homme secoua la tête dans un air de dégoût… mais pas un instant, un seul ne détourna le regard.

— Il fabrique quoi l'abruti chargé de délimiter la zone ? maugréa une blonde aux cheveux courts.

Le légiste fit signe de la tête aux deux gars en faction devant l'entrée du bureau d'emporter le corps glissé dans un sac mortuaire en plastique bleu.

Dans la voiture, une main sur le volant, le rouquin attendait. Ses doigts tapotaient nerveusement le levier de vitesse.

– Qu'est-ce que tu fouinais encore, Iris ? aboya-t-il alors que la blonde s'engouffrait dans la voiture.

– Rien ne t'a frappé dans le bureau tout à l'heure ?

– Pourquoi ça aurait dû ?

– L'ordinateur.

– Quel ordinateur ?

Elle se mordilla ses fines lèvres et plissa les yeux.

– Bah… Justement, il n'y en avait pas. Aucune trace du moindre ordinateur nulle part.

– Oh, il n'y a pas de quoi chercher midi à quatorze heures ! Le gars s'est mis une bastos dans le ciboulot, basta !

– Écoute ! T'expliques ça comment toi le chargeur d'ordinateur au pied de son bureau. Trouve-moi l'utilité d'en avoir un si tu n'as pas d'ordi ! À moins de l'avoir mis en réparation ou de l'avoir laissé ailleurs ! supposa-t-elle à voix haute. Remarque, ce n'est peut-être qu'un détail après tout, mais moi ça me chiffonne !

– Pff ! T'insinues donc que quelqu'un a maquillé le meurtre en suicide, c'est ça ?

– En plein dans le mille !

Elle se laissa aller songeuse dans le siège, engourdie par la douce tiédeur en regardant le paysage grisâtre des immeubles défiler.

* * *

— Asseyez-vous là ! lui avait balancé l'agente en secouant la tête en direction d'un banc en bois à côté du distributeur de boissons chaudes.

À présent, cela faisait douze minutes que Cynthia suivait des yeux la trotteuse de la pendule ronde avec l'anxiété d'un condamné à mort.

De sa sortie de la bijouterie, escortée de deux policiers, à son arrivée ici, elle ne se souvint pas avoir cessé de pleurer une fois. Vol. On l'accusait de vol. Elle. Alors qu'elle était juste passée en coup de vent dans cette bijouterie effectuer le remboursement du bracelet que son mari lui avait offert en cadeau. Avec le ticket de caisse en plus. Une plainte aurait, semblerait-il, été déposée. Elle ne comprenait rien. Elle se sentait comme précipitée du haut d'un gratte-ciel.

Une femme d'origine indienne ou pakistanaise drapée d'un sari vert brillant s'assit juste à côté, un formulaire des objets perdus et volés barbouillé d'écritures manuscrites. Les yeux rouges et bouffis d'avoir pleuré, elle reniflait en baragouinant un chapelet de mots incompréhensibles en la regardant. Cynthia lui sourit légèrement comme pour lui souhaiter la bienvenue sur le banc des âmes en peine.

Une porte s'ouvrit brusquement en grand et un homme en sortit :

— Cynthia Morel ! Veuillez me suivre s'il vous plaît !

***

« Après quinze heures de vol, deux jours de caboteur et six heures de marche à travers la jungle primitive, venez découvrir le monde perdu du peuple du cœur de l'Amazonie ! Dépassez vos limites ! »

— Vous parlez d'une expédition, non merci ! commenta la vieille dame à voix haute.

Puis elle feuilleta, encore la brochure de forfaits tout compris. S'émerveillant de la beauté des paysages, s'inquiétant de la qualité des repas servis sous forme de buffet. Dire qu'il lui avait fallu atteindre ses soixante ans pour mettre les pieds dans une agence de voyages. La faute à quoi ? La faute à qui ? Son mari avec sa phobie de prendre l'avion et le train, et qui était pris de nausées et de vertiges dès qu'il faisait cent mètres en voiture ? Elle et cette sacrée sainte obéissance qu'elle lui avait jurée devant dieu ? Leurs faibles salaires qui s'étaient convertis en une misérable pension ?

En tous les cas, elle bénissait la liberté de sa retraite qui lui permit de sortir Praline à toute heure du jour ou de la nuit. D'après les statistiques côté infidélité, dans 36 % des couples, il y en a toujours un des deux qui a un petit quelque chose à se reprocher. Les gens ont naturellement tendance à sous-estimer la présence d'une vieille dame et son chien dans la rue. Ce qui lui avait démontré que ces calculs étaient bien en deçà de la réalité. D'ailleurs, c'est aussi comme ça que lui est venue l'idée de la lettre anonyme ! Elle en avait expédié quarante-huit en douze ans. Rien de mieux qu'une courte phrase toute simple. La sienne : JE SAIS CE QUE VOUS AVEZ FAIT.

L'année dernière, Praline et elle avaient visité la Toscane du nord au sud aux frais de l'époux de la pharmacienne. L'année précédente, grâce au voisin du 4D, elles partaient arpenter les plaines d'Irlande. Sauf qu'ayant plu durant l'intégralité du séjour, le peu qu'elle se rappelait, c'est que c'était très vert.

Cet hiver, son expédition au soleil c'est ce mollasson du 2B qui allait la lui offrir ! Qui l'aurait cru ? Elle se dit même que si le poids de sa conscience valait les trois mille dollars qu'elle lui avait réclamés qu'elle aurait tout aussi put lui en soutirer plus ! Ce coup-là pourtant l'avait un peu chagrinée, car elle l'aimait bien sa petite dame.

Le 13 juin 1974, après l'avoir une fois de plus traitée de « cas psychiatrique » son mari était sorti dîner au restaurant avec une des filles de l'usine. Une amie soi-disant qui, contrairement à elle, avait de la conversation, une belle coupe de cheveux, ne s'habillait pas comme une plouc et sentait bon le parfum chic. Pour elle, ce fut la fois de trop. D'ailleurs, elle ne lui adressa plus jamais la parole. Le lendemain, elle avait commencé à ajouter progressivement des doses de dératisant dans son café du matin, ses tartines de beurre de cacahuètes du week-end, son thé du soir. Elle avait lu dans un article que c'était sa forte teneur en sulfate de Thallium qui était mortel. Incolore, inodore, sans saveur et difficilement détectable dans l'organisme. En somme, l'arme parfaite ! Jour après jour, elle observait du coin de l'œil sa réaction à chaque gorgée. Puis un matin, elle s'était rendue à la cuisine, fatiguée d'attendre. La veille, elle avait acheté une tourte à la viande, la marque préférée de son mari. Dans un large récipient en inox, elle avait préparé une mixture entièrement faite à base de nourriture pour chien copieusement additionné d'un contenant entier de dératisant. Elle avait ensuite réussi à soulever la pâte en haut de la tourte, retiré la garniture à l'aide d'une cuillère et avait rempli la tarte avec sa préparation spéciale. Puis, elle avait délicatement remis la pâte, glissé la tourte dans la boîte puis dans le réfrigérateur. À midi dix, il rentra à la maison. Elle attendit qu'il aille au frigo, puis alla dans la cuisine à la fin du temps de cuisson pour le voir manger une énorme part. Il ne s'était rendu compte de rien et avait même apprécié le repas avec appétit. Puis, il avait fait une drôle de tête et avait vomi le tout dans l'évier.

« Merde ! » avait-elle ragé intérieurement en quittant la pièce.

Un quart d'heure après, il était retourné travailler. Il avait enfilé sa blouse bleue, avait actionné le bouton de démarrage de la chaîne, puis s'était assis sur sa chaise pour la dernière fois.

— La personne suivante, s'il vous plaît ! entonna gaiement une agente dont le bureau venait de se libérer.

La vieille dame se leva en souriant et s'installa devant une rouquine potelée à l'allure rigolote qui lui brandit un large sourire :

— Bonjour, madame Dumoulin ! Alors vers quelle destination nous envolons-nous aujourd'hui ?

– Bonjour, ma petite Justine… Oh, depuis le temps, vous pouvez m'appeler Germaine, vous savez ! Cet hiver, je désire partir en croisière de deux semaines à bord d'un paquebot confortable qui accepte les chiens…

Achevé d'imprimer au Québec, Canada
Troisième trimestre 2021